DREAMBOOKS

신룡의 주인

태선 판타지 장편소설
FANTASYSTORY & ADVENTURE

dream
books
드림북스

신룡의 주인 8

초판 1쇄 인쇄 / 2015년 2월 12일
초판 1쇄 발행 / 2015년 2월 26일

지은이 / 태선

발행인 / 오영배
책임편집 / 편집부
펴낸 곳 / (주)삼양출판사 · 드림북스

주소 / 서울시 강북구 도봉로 173, 캠프 6층
대표 전화 / 02-980-2112 팩스 / 02-983-0660
편집부 전화 / 02-980-2116 팩스 / 02-983-8201

등록번호 / 제9-00046호
등록일자 / 1999년 3월 11일

© 태선, 2015

값 8,000원

ISBN 978-89-542-4751-1 (04810) / 978-89-542-4574-6 (세트)

* 지은이와 협의하에 인지는 생략합니다.
* 잘못된 책은 구입한 곳에서 바꾸어 드립니다.

이 도서의 국립중앙도서관 출판시도서목록(CIP)은 서지정보유통지원시스홈페이지
(http://seoji.nl.go.kr)와 국가자료공동목록시스템(http://www.nl.go.kr/kolisnet)에서
이용하실 수 있습니다. (CIP제어번호: 2015004410)

신룡의 주인

태선 판타지 장편소설

FANTASY STORY & ADVENTURE

8

dream
books
드림북스

신룡의
주인

Contents

Chapter 1

불의 근원

1.

화염이 가슴속 깊은 곳까지 밀려온다. 리오 형을 붙잡고 있는 팔에 힘이 들어가지 않았다. 샨은 죽음을 실감한다. 그 순간, 카이의 몸이 부풀어 오른다. 거대해진 카이가 입을 벌려 브레스를 뿜는다.

진공파 브레스! 굉음이 터져 나간다. 보통 카이가 본래의 모습으로 돌아오기 위해서는 약간의 시간이 필요했다. 그러나 이번만은 예외였다.

각성.

샨의 반지가 폭발하듯 터져 나온다. 카이의 모습이 정

확히 반으로 갈라진다. 한쪽은 검은색, 다른 한쪽은 순은색을 띠고 있다. 마치 두 마리의 카이가 반반씩 몸을 만든 것만 같았다. 리오는 샨을 끌어안고 카이의 등에 올라탔다. 예전만 해도 한 사람 등에 태우기도 버거워하던 카이였다. 그러나 이번에는 달랐다. 성룡에 가까운 모습으로 진화한 카이가 훌쩍 날아오른다. 에론이 소리 지른다.

"샤아아안!"

리오가 그런 에론에게 외쳤다.

"여길 떠나! 곧 용암이 분출한다. 샨은 내가 맡을게!"

엄연히 말하면 카이가 맡는 셈이지만. 리오는 뒷말을 삼킨다. 드래곤 마스터들의 생리는 도통 알 수 없다. 눈앞에 있는 카이가 어떻게 본래의 모습으로 돌아왔는지도 리오는 알 수 없었다. 그 전에 카이의 인격이 흡사 전혀 다른 사람처럼 변하는 이유조차 짐작하기가 어려웠다.

"난감하군. 난감해."

리오는 턱을 쓰다듬는다.

두 마리의 뱀은 마침내 서로의 꼬리를 놓는다. 용암이 파도처럼 밀려온다. 에론이 소리 지른다.

"설마 그 상태로 적을 공격할 셈입니까!"

리오가 대답했다.

"그러면 저대로 놔두자는 이야기냐?"

"샨은요!"

의식을 잃었다. 아까 화염으로 무슨 짓을 당했는지 알수 없다. 그러나 이대로 놔둔다면 이 근방은 박살 난다. 에론이 다시 소리 지른다.

"샨은요!"

선택의 순간, 리오는 어금니를 빠득 갈았다.

2.

"더스크 워커. 참 잘 만든 거짓말이지. 아니, 거짓말은 아니려나."

아무것도 없고, 무엇이든 있는 장소. 꿈결 심장부의 어딘가에서 엘은 조그마한 소녀를 끌어안고 있었다. 그 소녀는 눈을 동그랗게 뜨고 엘에게 묻는다.

"예? 그게 무슨 말씀이세요? 더스크 워커라면…… 일전에 말씀해 주신 그 이야기죠?"

소녀의 질문에 허무의 왕은 기껍게 웃었다. 지금의 엘이 그동안 보았던 엘이 아니란 건 알고 있었다. 그러나 적어도 대화는 가능했다. 오랜 시간 동안 엘은, 마모되고 또 마모되어야만 했던 신은 이제 서서히 붕괴하기 시작했다. 인격이 붕괴되고 이성이 미쳐 간다. 이비엔은 엘의 옷자락을 붙잡는다. 마치 강을 건너려는 어린아이를 말리듯. 엘이 대답했다.

"맞아. 그 이야기야."

"더스크 워커는…… 세계를 지키는 분이 아니었나요?"

이비엔은 문득 엘이 자신을 원한 이유를 깨닫는다. 그는 그저 외로웠던 거다. 그래도 누군가와 사는 사람이 혼자 사는 사람에 비해 덜 미친다 하지 않던가.

'너무 늦은 건지도 모르겠지만.'

이비엔은 자신의 무력함에 절망한다. 엘은 그런 이비엔의 머리를 쓸어내렸다.

"응? 맞아. 세계를 지키는 영웅이야. 하지만…… 동시에 그건 불가능한 임무이기도 해."

"그게 무슨 의미예요?"

"이를테면 이런 거지…… 세계를 멸망시킬지도 모르는 일이 어디선가 일어난다. 더스크 워커는 그걸 본능적으로 알아차리고 해결하기 위해서 움직여. 그리고 그들은 세계의 멸망을 막아 내지. 훌륭한 이야기야. 하지만…… 그 이후의 이야기가 있다면?"

엘의 손가락이 거미처럼 이비엔의 뺨을 기었다.

"와인을 마시려면, 마개를 빼야 하지. 한 번 코르크를 뺀 마개를 다시 닫는 건 지극히 어려워. 세계 멸망을 막아 내는 건…… 그런 거랑 같은 이치란다. 와인의 마개를 빼는 거랑 같은 일이지."

"으음. 무슨 의미인지 모르겠어요."

"수수께끼를 하나 낼까?"

"수수께끼요?"

"그래. 수수께끼."

엘이 붉은 입술을 벌렸다.

"와인의 마개를 열어 두면 안의 와인은 어떻게 될까?"

이비엔은 어쩐지 목이 탄다고 느꼈다.

3.

샨은 어쩐지 세계가 자신을 짓누르는 것 같은 기분이 들었다. 아주 얕은 꿈, 분명 주변 상황이 어떻게 돌아가는지는 느끼고 있는데 몸은 까무룩하게 자고 있을 때와 같았다. 마치 수업시간 도중에 책상에 엎드려 깜빡 잠든 느낌과 비슷했다. 자고는 있지만 그렇다고 완전히 잠든 건 아닌 그런 상태다. 손가락 하나 까딱할 수 없었다. 현실과 무아의 경계에서 샨은 방황한다.

한편 리오에게는 그리 선택지가 많지 않았다. 동생의 목숨과 세계의 목숨, 둘 중에 하나를 택해야 한다. 이번 일로 샨이 목숨을 잃게 된다면 에론은 자신을 용서하지 않으리라.

아마도 친애하는 형님의 눈알을 뽑아 버리겠지. 힘의 차이 따위 무슨 더러운 수를 써서라도 으깨 버리고는. 그 다음에는 손톱을 하나씩 뽑을 거다. 그리고 자신과 같은 피를 가진 아르고를 죽이고, 이 순간을 함께하지 않은 아버지에게 목을 갖다 바칠 거다. 그리고 분노한 아버지 손에 죽든, 아니면 또 무슨 음모를 써서 아버지를 죽이든 하겠지.

문제는 샨을 다 죽인 게 아니라 반쯤 죽였을 때에는 과연 무슨 일이 터질지 예측이 어렵다는 거다.

'이를테면 걷지 못하게 된다거나, 한쪽 팔을 아예 못 쓰게 된다거나.'

평소 에론의 성격으로 봤을 때 어떤 반응을 할지 상상

하기가 두렵다. 깔끔하게 자기 하나 죽이고 끝내는 게 그나마 가장 해피 엔딩에 가깝다고 할 수 있겠다. 샨에게는 형이 사고로 죽었다고 대충 둘러댈 거고.

아니나 다를까. 밑을 내려다보니 에론이 검강을 날려서 카이의 날개를 잘라 버릴 준비를 하고 있다.

이대로 카이가 추락하면 자신과 샨도 함께 추락할 테고, 그러면 떨어지는 샨을 몸으로 받아 낼 요량이다.

'미, 미친 새끼.'

애초부터 저 자식과는 그 어떤 타협도 불가능하다. 상식 따위 통할 리가 없었다. 리오가 카이에게 부탁해 고도를 높이자 에론이 혀를 찬다.

'역시나 카이째로 베어 버릴 생각이었구나.'

에론의 광기는 봐도 봐도 질릴 지경이다. 아차 하는 사이에 티스가 에론의 팔을 채찍으로 휘감는다. 에론이 이마를 찌푸렸다.

"무슨 짓입니까?"

티스가 대답한다.

"방금 하려는 미친 짓 또 하는 걸 막으려는 거죠, 교수님. 카이를 향해 한 번만 더 칼질을 시도한다면 율케스가 가만히 있지 않을 겁니다."

에론이 혀를 찬다. 아무리 자신이라도 날아다니는 카이를 공격하며 티스와 율케스의 합공을 막을 재간은 없다.

'성장했군.'

이게 문제다. 두 사람은 놀라울 정도로 성장했다. 율케스야 자신의 손으로 키웠다손 쳐도 티스는 대체 어떻게 성장한 걸까, 신기할 지경이다. 티스가 웃었다.

"합공하죠, 합공. 저런 놈은 함께 처치하면 더 나을 거 아닙니까."

한편 리오는 알테리온 손잡이를 쥔다. 알테리온이 열기를 뿜으며 리오를 거부한다.

"알아, 네 주인은 우리 아버지지. 안다고. 하지만 이대로 내가 죽으면 너도 용암행이야. 알고 있어? 너도 여기서 녹고 싶지는 않을 거 아니야?"

리오가 투덜거리자 알테리온 소드의 온도가 조금은 누그러지는 느낌이 들었다. 애초부터 선조 '카이 알테리온'이 드래곤 슬레이어를 만들 때 살아 있는 검으로 만들었다. 절대로 헛된 자가 사용하지 않도록, 옳은 길을 위해서만 사용할 수 있도록. 그걸 검이 선택하도록 정했다고 한다. 지금은 이미 없어진 기술이고 이제 와서는 그녀가 어떻게 이런 검을 만들었는지 아는 사람이 아무도 없었다. 그러나 살아 있는 검을 만든 것까지는 좋은데 성격이 얼마나 더럽고 도도한지 자기가 정한 주인 외에는 잡지도 못하게 발악을 한다. 그나마 들 수 있는 건 검에 대해 완전히 무지한 어린아이나 여자 정도. 성인 남자는 검에 대해 잘 모르는 사람이라도 손을 댈 수 없을 정도로 열기를 내뿜는다.

'까다롭기는 까다롭지. 스스로 생각을 할 수 있고 주인을 정할 수 있는 그런 검이라니. 하지만……'

지금 이 순간은 이 검에게 매달리는 수밖에 없다.

환상을 부수는 검. 인간은 어찌할 수 없는 존재를 죽일 수 있는 유일한 수단이 바로 드래곤 슬레이어 아니던가.

'아아, 아버지. 아버지라면 대체 이 상황에서 어찌할 겁니까.'

리오에게 아버지란 존재는 언제나 최고였다. 해를 삼키는 뱀이 리오를 향해 화염을 뿜는다. 카이는 브레스를 가르는 대신 몸을 틀어 불꽃을 피한다. 화염 기둥이 리오의 옷자락을 스친다. 만약 이 기둥에 신체의 일부가 닿는다면 마나를 익힌 몸이고 소드 마스터 나부랭이고 순식간에 상병신이 되는 거다.

무엇보다 중요한 건 에론이 이 장면을 봤다는 거다. 본인도 용암 때문에 발판을 끊임없이 옮겨 다니는 주제에 샨 때문에 도무지 떠날 생각을 하지 않는다.

티스와 율케스 역시 이 상황에서 균형을 유지하며 이쪽을 엄호하기 시작했다. 혼자라면 불가능하다. 하지만 지금이라면 가능할 터.

"그래, 하자."

리오는 심호흡을 한다. 딱 하나, 아버지가 가르쳐 준 기술이 있긴 하다. 알테리온 소드가 아니면 사용할 수 없고, 알테리온 소드로 낼 수 있는 가장 강력한 비기.

'아냐, 위험해. 너무 위험해. 이론만 알고 있잖아.'

그때 아버지는 동대륙산 산삼주를 받아 그걸 동이째로 마시고 매우 기분이 좋으셨다. 때마침 어머니 기일이기도 했으니 더 감정 제어가 힘드셨으리라.

아버지는 어머니 묘소 근처에서 리오에게 그 기술을 보여 주었다. 딱 한 번뿐이었다. 언젠가 네가 가주가 되고 알테리온 소드를 물려받은 뒤, 이제 도저히 혼자의 힘으로 어찌할 수 없는 상황이 닥쳤을 때 쓰라고 하셨다.

'금지된 기술.'

다른 것도 아니고 금지된 기술이라는 걸 술 처마시고

큰아들 앞에서 보여 주신 아버지도 제정신이 아니었지만, 딱 한 번 본 걸 이제 와서 쓰겠다고 설치는 자신도 미친 놈이 맞긴 했다.

'수백 번 수천 번 머릿속에서 연마하긴 했지.'

그때 보았던 충격이 아직도 잊히지가 않는다.

"카이."

"음?"

"신호하면 날 던져 버리고 에론에게 날아가라. 그리고 너와 샨, 에론은 안전한 곳으로 도망치는 거다."

"그러면 리오는?"

"나는 신경 쓰지 마. 어떻게든 살아 돌아올 테니까. 대신 놈의 목덜미 위쪽, 거기서 바로 날 던져야 한다. 할 수 있겠지?"

카이는 신경질적으로 피막을 펼쳤다.

"날 뭐라고 생각하는 거야?"

리오는 샨의 허리에서 알테리온 소드를 검집째로 뽑아 허리에 둘렀다. 카이는 계속해서 화염을 토해 내는 놈을 향해 신호에 맞춰 서서히 접근했다. 리오의 행동을 눈치 챈 티스가 채찍을 날려 놈의 목을 휘감는다. 어차피 놈의 힘 때문에 티스의 몸이 쭉 끌려가지만 적어도 일말의 경직은 준 셈. 그 틈을 놓치지 않고 율케스가 달려간다.

율케스의 검 끝에서 서늘한 빛이 살의를 뿌린다.

서컹!

놈은 고통에 두 사람을 향해 마구잡이로 공격한다.

이 와중에 카이가 놈의 눈먼 공격을 피해 접근한다. 마침내 놈의 머리 바로 위, 리오가 뛰어내린다. 카이는 뒤도 돌아보지 않고 에론을 향해 날아간다. 에론이 그대로 카이의 등에 올라탄다. 그와 동시에 리오는 힐트를 손에 쥐었다. 기이하게도 평소에 쥐는 자세가 아닌 역수로 검을 뽑았다.

아버지는 이 기술을 이렇게 불렀다.

'소멸(Extinction).'

우리 가문다운 뭐 없는 이름이라고 리오는 생각한다. 알테리온가 사람치고 이름 잘 짓는 사람을 본 적이 없었다. 알테리온 소드에 리오의 검기가 들어간다. 보통이라면 검날에 검기를 담는 게 맞겠지만, 리오의 검기가 발현한 곳은 기이하게도 바로 알테리온 소드의 손잡이였다. 그 순간, 손잡이를 감고 있던 가죽끈이 활짝 풀어진다. 그리고 소유주의 손을 완연하게 감는다. 하얗던 알테리온 소드의 표면이 순식간에 새카맣게 물들기 시작했다.

환상을 부수는 검이 진화한다.

'제거하는 검.'

에론은 처음 보는 모습에 눈을 크게 뜬다. 사용법에 따라 변화하는 검이라니 들어 본 적도 없다. 아니 그 전에, 그 검은 가보이자 샨에게 빌려 주기 전까지만 해도 늘 아버지와 함께해 왔던 검이 아니던가!

새카만 검날을 타고 리오의 정순했던 검기가 새카만 빛을 뿜는다. 흡사 암흑 그 자체와 같았다. 리오는 손톱이 빠지는 것을 느낀다. 이 기술의 가장 무서운 점은 검이 닿는 것은 무엇이든 소멸시킨다는 데에 있다. 그 말은 이 검을 쥔 자도 소멸할 수 있다는 의미다. 비록 검 손잡이를 쥐고 있긴 하지만 검은 소유자의 피를 원한다.

성검과 마검은 종이 한 장 차이라고 하지 않던가.

리오는 검기를 한계까지 밀어 올린다. 놈이 화염을 쏘았다. 리오는 검을 들었다. 환상을 부수는 검이 실존하는 것을 소멸시키는 검으로 변한다. 그 말은, 즉.

리오는 검을 휘두른다. 화염의 기둥이 리오의 검 끝에서 부서진다. 리오가 비명을 지른다. 근골이 검에 빨려 들어가는 것을 느낀다. 자신은 정식 가주도 아니니 이 검이 망설일 이유가 없었다. 리오는 마력뿐만 아니라 생명력, 즉 수명마저도 깎여 가는 것을 느낀다.

으드득.

그렇다고 포기할 수는 없었다. 여기서 그가 놓는다면 이 세계는 끝난다. 놈이 고개를 흔든다. 거대한 놈의 크기에 비하면 리오는 그저 팔에 붙은 개미나 다름없었다. 한 번 몸을 튕기는 것만으로도 마그마에 처박힌다. 리오는 놈의 몸에 검을 꽂는다. 그러고는 필살의 각오로 근육을 한계까지 팽창시킨다.

알테리온 금기, 소멸!

새카만 빛이 공간을 갈랐다. 놈의 생을 끊는다. 새카만 빛이, 아니 새카만 공간의 균열이 입을 벌린다. 굉음이 울린다. 에론은 샨을 끌어안는다. 폭발하는 어둠이 세 사람과 용 한 마리를 집어삼켰다.

4.

'죽었어. 이 세계를 지탱하던 축 하나가 사라졌어.'

'몇 안 남은 진실된 것이었는데요.'

'안식을 찾았잖아. 어쩔 수 없지. 죽이지 않았다면 이

세계는 부서졌을 텐데?'

'정말 다른 방법은 없었나요?'

샨의 귓가에 누군가가 속삭이는 소리가 들렸다. 현실과 꿈결 어딘가를 샨은 방황했다. 속삭이는 소리 끝, 샨은 어렴풋이 이비엔을 보았다. 이비엔은 엘의 멱살을 붙잡아 탈탈 털고 있었다. 언제나 아픈 모습만 봐서 그런가. 의외로 기가 센 아이네. 샨은 무심결에 생각한다. 문득 엘이 샨을 향해 돌아본다.

'코르크 마개는 잘 뽑았어?'

샨이 눈을 동그랗게 뜬다. 이비엔도 놀라서 샨을 바라본다.

'어떻게 여기까지 온 거예요?'

샨이 대답 대신 어깨를 으쓱했다. 본인이 생각해도 알 도리가 없었다. 엘이 대답한다.

'샨, 수수께끼야. 곧 해를 삼키는 뱀이 죽는데 말이야, 저래 뵈도 저 뱀은 이 세계에 몇 안 남은 진실된 것이거든.'

'진실된 것?'

'이 세계 최초로 불을 만든 뱀이지. 그래서 사람들이 부르잖아? 이름은 없지만 해를 삼키는 뱀이라고.'

해를 삼키는 뱀. 샨은 그 말을 작게 되뇐다.

'그런 존재가 이 세계를 파멸시키려는 상황도 웃기지만, 그런 존재가 이 세계에서 소멸하면 어떻게 될 것 같아?'

샨은 멍하니 엘을 바라본다. 이윽고 되물었다.

'혹시 불이 없어진다거나……?'

'꽤 직관적이네.'

그는 검지를 들어 흔들흔들거린다.

'정답.'

이비엔이 샨에게 소리를 지른다.

'샨, 죽이지도 말고 살리지도 말아요!'

죽일 수도 없고 살릴 수도 없다니. 그런 게 말이 되나? 이건 아무리 봐도 훌륭한 자충수다. 체스로 치면 나이트와 룩에게 갇힌 킹. 고작 앞으로 한 수 더 두어서는 전황을 뒤집지 못한다. 어디에 둬도 훌륭한 죽음밖에 없다.

엘이 말했다.

'샨, 네 곁에 있는 진정한 존재가 무엇인지 알게 된다면 그때는…….'

과거 엘이 했던 예언, 그 말을 끝으로 샨은 눈을 떴다. 빛이 점멸한다. 뱀이 고통으로 괴로워한다. 에론은 샨이 깨어났다는 사실에 기쁜 기색이다. 이제 한 번, 한 번만 더 공격하면 뱀의 목숨은 끝난다.

"카이, 죽여서도 안 되고 내버려 둬도 안 된다면 어떻게 해야 해?"

모른다고 대답할 줄 알았다. 그러나 샨의 질문에 '카이'가 대답했다.

"마마가 희생하면 돼."

그 순간, 에론이 검을 뽑으려 한다. 그와 동시에 샨은 에론을 밀어 떨어뜨린다.

"샤아아아안!"

마법 건틀릿의 힘에 의해 에론이 추락한다. 그러나 에론 형이 이대로 타격을 입을 이가 아니라는 걸 샨은 알고 있었다. 과연 에론은 바닥에 무사히 착지한다. 티스가 당황하며 샨의 이름을 부른다. 샨은 카이를 몰아 마지막 일격을 날리려던 리오에게 달려간다.

"혀어어어엉!"

리오의 검격이 한순간 멈추려 한다. 뱀이 리오를 향해 아가리를 벌린다. 그리고 샨은 리오를 향해 몸을 던진다. 리오의 몸이 밀려 나간다. 그리고 그 자리에 있던 샨과 카이가 그대로 뱀에게 먹힌다.

꿀꺽.

놀란 리오가 비명을 지른다. 리오가 검을 들려는 순간,

알테리온 소드가 화염을 내뿜었다. 손이 타 버리며 리오는 그만 검을 놓친다. 그 사이에 에론이 달려가며 뱀의 목을 향해 검격을 날린다.

화염이 샨과 카이를 삼킨다. 샨은 왠지 화염임에도 무섭다는 기분이 들지 않았다. 마치 엄마의 양수와 같이 따뜻한 불 속. 카이가 말했다.

"마마, 마마는 어째서 그렇게 쉽게 스스로의 몸을 던지는 거야?"

샨은 대답하지 않았다. 자신이라는 존재 자체가 소멸되는 기분을 맛본다. 카이가 말했다.

"괜찮아. 이번에는 마마의 응석을 받아 줄게. 나는 천칭이고, 모든 드래곤의 운명을 결정하는 자니까."

검고 흰 카이가 이마를 들었다. 들끓는 화염 속에서 카이가 속삭였다.

'돌아가라. 돌아가라. 너희의 근원으로. 최초의 불이여. 수호자가 없는 유일한 근원이여. 오염된 근원이여.'

음과 양의 기운이 뱀의 뱃속에 퍼져 나간다. 그걸 마지막으로 샨은 의식을 잃었다.

산 위로 빛의 기둥이 솟아올랐다. 어떤 자는 세계의 불길한 징조라고 하고, 어떤 자는 신의 눈물이라고 했다.

누구도 그 정체가 무엇인지는 알 수 없었다. 그 자리에 있던 자들과 소수의 누군가를 제외하고는. 그 빛을 바라보며 라온 교수가 한참을 광소했다는 건 소소한 비밀.

에론의 검격이 해를 삼키는 뱀에게 닿는 찰나 뱀은 소멸하였다. 허공에는 샨과 두 개의 알만이 떠 있었다. 에론은 다급하게 검격을 비틀었지만 샨의 새끼손가락을 하나 베고 지나갔다. 에론이 비명을 지르며 샨의 떨어진 손가락을 붙잡는다. 기이하게도 손가락이 떨어진 자리에서 새로운 손가락이 돋아난다. 샨의 새카만 머리카락이 허공을 부유한다. 거대했던 카이의 몸이 알과 함께 아주 작은 모습으로 돌아간다. 갓 태어났을 때의 모습과 닮았다고 리오는 무심결에 생각한다. 용암은 기둥을 따라 삽시간에 바위가 되어 굳었다.

빛의 기둥이 멈추자 샨과 카이 그리고 두 개의 알만이 자리를 지켰다.

5.

긴 꿈을 꾸었다. 달이 이 세계에 입 맞추었을 때의 꿈.

세계가 완연하게 붕괴하는 꿈을 꾸었다. 대정숙. 모든 이가 잠을 자고, 고통 없이 죽을 수 있기를 바라는 그때 그 꿈에 이끌려 신이 내려왔다.

은발의 창연한 신이 지금보다는 총기 있고, 지금보다는 유머 있던 때가 있었다. 그는 아무것도 남지 않는 이 세계에 첫 번째로 발을 디뎠다.

이미 죽음의 대지로 변한 이곳. 이곳에서 그는 살아 있는 뱀 두 마리를 본다. 그 뱀은 굶주림에 서로가 서로를 잡아먹고 있던 와중이었다. 엘은 담뱃대를 손에 쥐고는 작게 연기를 내뱉었다. 엘이 떨어뜨린 담뱃재가 붉게 대지를 채웠다. 굶주렸던 두 마리의 뱀은 누가 먼저라고 할 것 없이 그 불똥을 삼켰다.

'아직 살아 있구나. 아이야.'

두 마리의 뱀은 점점 더 거대하게 커지기 시작했다. 썩어 물집으로 뒤덮였던 몸에 보석 같은 비늘이 돋아났다. 송곳니는 얼마나 강한지 강철도 씹어 버릴 수 있었다. 두 마리의 뱀은 끊임없이 불을 토했다. 뱀이 불을 토하자 화산이 생겼다. 이 세계가 최초로 맥동하기 시작했다.

엘이 웃었다.

'너희가 만든 불꽃이 이 세계 최초의 불이란다. 너희를 [불의 근원]이라 부르겠어.'

두 마리의 뱀은 엘을 따라 긴 잠을 청하기 시작했다. 뱀이 꾼 꿈은 불이 되어 이 세계를 뒤덮었다. 세계를 유지하는 몇 안 되는 진실한 것.

아주 오래된 꿈.

6.

샨은 천천히 눈을 떴다. 눈물이 관자놀이를 타고 귓속까지 흘러내렸다. 가장 먼저 눈에 들어온 것은 율케스였다. 율케스는 검을 껴안고 샨을 내려다보고 있었다.

"일어났군."

"응."

언제나 눈을 뜨면 가장 먼저 율케스가 보이곤 했다. 그가 흡혈귀이기에 그런 것도 있겠지만 이번에는 샨이 쓰러져 있는 내내 곁을 지켰기 때문이리라. 샨은 감사의 마음을 담아 율케스에게 손을 내밀었다. 사내놈의 것 치고는 참 작고 하얀 손이다. 율케스는 자신의 손이 너무 차다는 것을 알기에 순간적으로 망설인다. 샨은 손을 거두지 않고 기다린다.

결국 율케스는 그런 샨의 손을 붙잡아 주었다.

"시원해."

무언가 안심이 되었는지 샨은 다시 눈을 감았다. 이번에는 꿈도 없는 깊은 잠 속으로 의식이 미끄러졌다.

샨이 눈을 뜬 건 새벽녘이었다. 하루가 지났는지 이틀이 지났는지는 알 수 없었다. 비명을 지르며 몸을 일으킨다. 문득 손에 낯선 감각이 느껴져서 보니 율케스의 손을 아직도 잡고 있었다.

율케스가 그 자세 그대로 물었다.

"몸은?"

"괜찮아. 이제."

설마 내내 손을 쥐고 있었던 건가. 적당히 시간이 지나면 놓아도 좋았을 걸 왜 괜히 붙들고 있어서는. 샨은 얼굴을 붉힌다. 율케스는 이런 부분은 융통성이 전혀 없어서 문제다. 그때 티스가 문을 왈칵 열고 들어왔다.

"오, 소리가 들려서 와 봤더니 깼네? 몸은 괜찮아?"

샨이 고개를 끄덕였다. 문득 샨은 카이를 내려다보았다. 카이는 두 개의 알을 끌어안고 자고 있었다. 그때 불꽃 속에서 대체 무슨 일이 일어난 건지는 샨도 알 수 없었다. 다만 '춤추는 천칭'의 힘을 썼을 거라고 어렴풋이 짐작할 뿐이다. 전에 이서릴이 카이를 보고 천칭이라고 했다. 용족 중에서 천칭이 나온 건 오랜만이라고.

아마 카이가 가지고 있는 숨겨진 힘이리라. 지금의 카이는 새하얀 카이다.

새카만 카이는 카이 안에서 자고 있는 모양이었다.

샨은 카이를 쓰다듬었다. 보통 사람이 보았다면 죽은 줄 알았을 거다. 그만큼 카이는 깊이 자고 있다. 카이에게는 뭔가 숨겨진 게 많다는 뜻이라고 샨은 생각했다.

티스가 물었다.

"배고프지? 뭐라도 먹을래? 네 형이랑 네 미친 형, 아래층에서 너 일어날 때까지 기다리고 있는데."

샨이 물었다.

"용케도 에론 형이 간호하지 않았네?"

"율케스 놈이 에론 형, 아니 에론 교수님보고 다가오면 죽이겠다고 했다. 둘이 싸움 날 뻔한 거 리오 형이 막은 거야. 그리고 너 율케스에게 던져 준 거고. 그대로 에론

형이 간호했으면 말이 간호지 더 이상 위험에 빠뜨릴 수
없다고 너 들고 어디론가 납치했을지도 모르니까."

지당한 말씀이다. 샨은 새삼 율케스가 고마워졌다.

티스가 물었다.

"그래서 내려갈 거야?"

샨이 어색하게 웃었다.

"인사는 해야지. 평생 얼굴도 안 볼 수는 없잖아?"

티스가 씁쓸하게 웃었다.

"부럽네."

티스가 담뱃대를 입에 물었다. 문득 티스 손에 있는 담
뱃대와 과거 꿈에 나온 엘이 들고 있던 담뱃대가 몹시도
닮았다는 걸 깨달았다.

'우연이겠지.'

샨은 대수롭지 않게 넘겼다.

7.

어색한 인사 후에는 어색한 식사가 기다리고 있었다. 리
오 형과 에론 형은 샨을 봐도 기분이 그리 좋지 않은 모양

이었다. 특히 에론 형은 주변에 얼음이라도 맺힐 것만 같았다. 아마 에론 형의 생각을 날씨로 표현할 수 있다면 지금 밖에는 영하 100도의 블리자드가 쏟아지고 있으리라.

포크와 나이프가 식기를 긁는 소리만 어색하게 울린다. 이 와중에 입술을 먼저 뗀 건 에론 형이었다.

"목욕은 할 거냐?"

그러고 보니 누워 있는 동안 계속 땀을 흘렸는지 온몸이 땀투성이다. 에론 형이 먼저 몸을 일으킨다.

"기다리마."

리오가 작게 한숨을 내쉰다.

"에론 기다린단다. 갈 거냐, 샨? 안 가도 내가 어떻게든 때우마."

샨이 어색하게 뺨을 긁적였다.

"안 가고 싶은데."

"잘 생각했다. 푹 쉬어. 아니다. 그냥 내가 에론 붙잡고 있을 테니 먼저 기차로 올라가라."

샨은 고개를 끄덕였다.

지금 상황에서는 에론 형을 마주하기가 괴롭다.

Chapter 2

인형의 집

1.

리오 형이 에론 형을 붙잡는 사이, 샨과 티스, 그리고 율
케스는 곧바로 짐을 챙겨 달아났다. 새벽 첫 열차표를 끊
어 그대로 열차에 올라탔다. 티스는 깍지를 끼고는 느긋하
게 의자에 몸을 파묻었다.

"일찍 끝났네."

샨은 가방을 뒤적거린다. 카이는 여전히 일어나지 않고
있다. 과하게 마력을 쓰거나 하면 오래 자곤 했는데 이렇
게 아예 기척도 없이 자는 건 흔치 않다.

'신기하게도 걱정이 되지 않아.'

옛날이라면 안절부절못하며 라온 교수님을 찾았겠지만 지금은 곧 있으면 일어날 것을 당연하게 알고 있다. 샨은 카이를 쓰다듬고는 담요로 좀 더 몸을 동여매 줬다. 카이는 몸을 뒤척인다. 이제는 제법 기력을 찾았는지 몸을 뒤척이기까지 한다. 두 개의 알 역시 잘 보관하고 있다. 교수님을 만나면 보여 줄 요량이다.

샨은 가방을 닫았다.

"열흘 정도나 여유가 생겼지."

"라온 주제에 웬일로 쉬운 거 내주나 했다."

"그래도 빨리 끝났잖아. 이대로 돌아가면 우리가 또 제일 먼저 끝냈을걸?"

샨의 말에 티스는 툴툴거린다. 그 인간 분명히 알고 보낸 거야. 틀림없어. 매번 보낼 때마다 죽는 사람 안 나오는 게 용해. 아냐, 작년에는 한 명 죽었다는데. 티스의 불평에 샨은 웃었다. 그러다 문득 율케스와 눈이 마주쳤다.

어쩐지 어색해져서 샨은 눈을 돌렸다.

티스가 그런 샨의 어깨에 팔을 두른다.

"어쩔 거야, 열흘. 또 착실하게 학교로 돌아갈 거야?"

샨이 대답했다.

"응, 돌아가야지. 중간에 땡땡이칠 수는 없잖아."

"왜. 왜 안 되는데! 까짓거 땡땡이치면 뭐 어째서. 그러라고 있는 거 아니었냐?"

그 말에 샨은 당황한다. 이윽고 율케스가 입을 열었다.

"알."

무슨 말인가 싶어 샨이 대답했다.

"응?"

"알 속에서 소리가 들린다."

"뭐, 뭐어?"

샨은 가방을 꺼내 알을 보았다. 겉으로 봐서는 잔금조차 가지 않았다. 부화할 조짐이라고는 조금도 보이지 않는다. 혹시나 싶어서 귀를 대 보니 아니나 다를까. 심장 소리가 울렸다. 게다가 안에 있는 무언가가 뒤척이는 소리.

카이를 한 번 부화시켜 본 터라 샨은 이게 무슨 소리인지 깨닫는다.

"아, 안 돼. 이대로라면 열차에서 부화한단 말이야!"

티스가 물었다.

"중간에 내려야겠는데? 아니, 그 전에 각인 의식 있잖아. 그건 어쩔 거야? 용을 태어나자마자 처음 보는 사람에게 각인된다며?"

"아⋯⋯."

그것도 문제다. 티스가 딱 잘라 말했다.

"미리 말하지만 난 새끼 용 보모 짓 못 한다, 샨. 내 사정 알잖아. 일류 검사가 붙어도 하루 만에 죽어 나자빠지는데 새끼 용을 어떻게 건사해?"

지당하신 말씀이다. 그렇다고 해도 샨에게는 이미 카이가 있다. 카이 하나 건사하기도 힘들어 죽겠는데 어떻게 다른 용을 키우나. 샨은 억지를 부린다.

"그래도 엄청난 용이잖아! 해를 삼키는 뱀이라고?"

"해고 달이고 새끼면 약할 거 아니야. 설령 빨리 성장한다고 해도 무슨 일이 닥칠지 어떻게 알고."

아, 문제다. 문제야. 머리를 쥐어뜯는 샨에게 티스가 제의한다.

"그러면 뭐, 카이보고 늦게 태어나 달라고 부탁해 보라고 시키든가. 멀쩡한 거대 뱀도 알로 돌리는데 그거 좀 늦게 태어나는 거 못 하겠어?"

"카이 지금 못 일어나는 거 알잖아."

"그러면 운 좋게 학교 도착할 때까지 부화 안 하길 바라든가."

그러다가 열차에서 태어나면 그거야말로 악재다. 티스가 물었다.

"그런데 그거 드래곤 맞긴 해? 그때 봤을 때는 용이라기보다는 뱀에 가까웠잖아."

"나도 몰라. 뱀처럼 생긴 용도 있긴 한데, 어쨌든 일단 같은 파충류잖아."

"드래곤이 아니라 사람 잡아 먹는 마수, 뭐 그런 거면 길들이지도 못하잖아?"

미치겠다.

머리를 쥐어뜯는 샨을 가만히 지켜보던 율케스가 이내 입술을 열었다.

"소리 멈췄다."

"뭐?"

그의 말에 귀를 대 보니 과연 안에서 뒤척이는 소리는 들리지 않는다. 그래도 심장 소리는 여전하다. 언제 깨어나는지 알 수 없다는 게 절망적이다. 이윽고 율케스가 말했다.

"괜찮다면 우리 영지로 가지. 두 정거장만 더 가면 우리 영지니. 열흘 정도는 안전하게 지켜 줄 거야."

율케스의 영지라면 란츠크네 가문 아닌가. 샨은 문득 율케스의 형 율키르가 떠올랐다. 위에 형이 둘 있다던가. 둘 다 보통 성격이 아니라는 건 대충 파악했다.

티스가 물었다.

"너희 형들이 이거 해부 안 하리란 보장 있어?"

율케스가 고개를 끄덕였다.

"안 할 거야." 뒤에 붙은 말이 범상치 않았다. "이거 해부하면 내가 형을 해부할 테니까."

그 말을 들으니 더 불안해진다. 율케스가 말했다.

"어차피 알은 부화할 거고, 부화하면 최소한 일주일은 방 밖으로 못 움직인다며? 내 영지 쪽에 별장이 있으니 그곳에 가면 암살자 걱정은 없을 거다."

티스가 머리를 긁적인다.

"어쩔래. 샨?"

샨은 한참 망설이다가 이윽고 입술을 열었다.

"갈래."

"음."

율케스는 그 말을 끝으로 눈을 감았다.

2.

율케스의 영지는 매번 가기로 약속해 놓고 늘 일이 생겨

취소하곤 했었다. 차라리 이번이 좋은 기회이리라. 샨은 짐을 챙겨 밖으로 나왔다. 율케스는 역 앞에서 마차를 구했다.

"아! 율케스 소공자님 아니십니까요!"

당연하게도 율케스의 얼굴을 보자마자 모든 영지민들이 허리를 숙이기 바빴다. 무료로 태워 주겠다는 걸, 율케스는 억지로 돈을 쥐여 주었다. 그러자 황공하다는 듯이 다시 열심히 허리를 숙인다.

'율케스, 영지에서 인기가 좋나 보네.'

샨은 작게 생각했다. 셋은 그대로 마차에 올라갔다. 율케스가 있는 란츠크네 영지는 기본적으로 호수나 늪지가 많았고 땅이 비옥한 편이었다. 사면이 산지로 둘러싸인 알테리온 영지와는 차이가 크다. 문득 샨은 희미한 흑마력을 느낀다.

"율케스?"

"아, 우리가 도착한 걸 아버지가 아신 거겠지."

마차 밖으로 까마귀 두어 마리가 마차를 따라 날아오고 있었다. 까마귀의 눈동자가 유독 붉다. 샨은 마법 학교 모범생답게 바로 결론을 도출한다.

"패밀리어 마법이네."

동물에게 마법을 걸어 자유롭게 조종하는 마법이다. 가끔 위급시에 샨이 카이의 힘을 빌리는 '동화'와 비슷하지만 본질적으로는 다르다. 드래곤과 하는 동화는 드래곤과 상호 협의하에 한다. 한쪽이 거부하면 바로 마법은 깨진다. 그러나 패밀리어는 다르다. 동물의 의사와 상관없이 꼭두각시로 조종하는 술법이다. 같은 마법이라고 해도 뿌리를 어디에 두냐에 따라 다른데, 흑마법을 뿌리로 두고 있는 란츠크네 가문이라면 저 까마귀는 시체를 되살려서 사용하고 있거나 아니면 사용하고 난 후에 생명력을 다 해서 죽든가 둘 중에 하나다.

흑마법은 생명 그 자체를 연구하는 마법이기 때문이다. 물론 그 생명을 연구하기 위해서는 해부와 강령술을 기본 전제로 깔고 시작해야 한다.

율케스는 티스를 시켜 결계 마법을 부탁한다. 티스는 담뱃대에 불을 붙이고는 마차 모서리에 담뱃재를 떨어뜨린다. 마력이 담긴 불꽃이 천천히 모서리마다 타오르기 시작한다. 마차에는 결코 옮겨 붙지 않고 재만 살라 먹는다. 간단하지만 강력한 결계술이다.

소리가 완전히 차단된 것을 확인한 후 율케스가 말을 꺼냈다.

"카이의 이야기는 이 영지 내에서는 말하지 않는 게 좋아. 아버지는 연구광이니까."

티스가 코로 연기를 내뿜는다.

"샘플은 너 하나로 충분한 거 아니었어?"

"다다익선. 특히나 카이는 불의 근원이니 해를 삼킨 뱀이니 뭐니 하는 걸 알로 되돌렸다. 그게 대체 무슨 능력이고 기적인지 우리도 궁금한데 아버지는 더 궁금하시겠지."

율케스답지 않게 꽤 말이 길어졌다. 그만큼 중요한 이야기라는 뜻.

샨은 카이의 이마를 쓰다듬었다.

아마 그 알들도 곧 다시 깨어나리라. 드래곤은 갓 태어났을 때가 가장 예민하다. 카이도 알에서 막 부화했을 때는 작은 바람에도 기침을 하지 않았던가. 최대한 조용히 지내는 게 유리하다.

샨이 물었다.

"굳이 그렇게까지 조심해서 이 영지를 고른 이유는 뭐야?"

"말했듯이 우리 영지는 절대로 외지인을 가만히 두지 않거든. 아버지의 패밀리어들이 영지에 늘 깔려 있다. 암살자는커녕 스파이도 볼 수 없어. 발견한 즉시 연구 재료로 쓰는 분이시니까."

샨은 살짝 미간을 찌푸렸다. 율키르를 처음 보았을 때 느꼈던 그 강렬한 거부감이 밀려온다. 티스가 말했다.

"강한 건 미덕이야, 샨. 강한 건 모든 것을 간단하게 만들지. 너희 아버지도 적에게는 자비가 없잖아. 놈의 목을 베는 것과 놈을 실험체로 쓰는 건 똑같아. 시체도 재활용하시니 어떤 의미로는 율케스네 아버지가 더 효율적인 분이시지."

샨은 한참을 생각에 잠긴다. 확실히 도덕이나 감상적인 부분을 전부 절개한 후에 생각한다면 몹시 효율적인 방법이다. 그래서 제국에서도 흑마법에 이런저런 규제를 해 가면서도 결국 끝내 내버리지는 못했던 것 아닌가.

지금 그들이 다니는 아카데미에도 엄연히 흑탑이 존재한다.

지하에 자리 잡은 흑탑은 늘 소수의 인원만으로 최고의 효율을 자랑하곤 한다.

지금은 적탑에 많이 밀리는 추세지만 만약 시험이나 대련 같은 게 아니라 진짜로 죽고 죽이는 그런 싸움을 한다면 과연 흑탑이 적탑에게 밀릴까?

우물에 독만 타도 죽는 게 사람인데?

샨은 입술을 벌렸다.

"율케스네 아버지가 냉혹한 분이라는 건 알겠어. 그리고 이 영지에 그만한 법도와 이유가 있다는 것도 이해할게."

티스가 웃었다.

"넌 역시 재미있어. 샨."

"응?"

"선이고 악이고 무엇이든 네 안에서 받아들일 준비가 되어 있잖아. 솔직히 이렇게 쉽게 납득할 줄은 몰랐어."

율케스가 담담히 말했다.

"그래서 더 위험한 거지."

"응, 나쁜 놈을 끄는 매력이 있지. 너 그러다가 크게 혼날 날이 올 거다."

동조해 줘도 뭐라고 한다.

샨은 심통이 나서 볼을 부풀렸다. 티스는 뭐가 그리 재미있는지 샨의 뺨을 쿡쿡 찔렀다. 샨은 짜증이 나서 티스의 손을 탁탁 쳐 냈다. 티스가 깔깔 웃다가 말했다.

"아, 맞다. 이제 슬슬 결계 해제해야 할 거 같은데? 이렇게 오랫동안 걸고 있으면 너희 아버님이 눈치채실걸?"

"이미 눈치채셨을 거야. 그래도 해제해."

그 말에 따라 티스는 담뱃대로 마차 벽을 두드린다.

퉁—

그걸 신호로 불꽃이 사라진다. 막혔던 공기가 풀리며 공
기의 무게가 가벼워졌다.

'대단해.'

보통은 제대로 된 마법 도구를 사용해 결계를 친다. 모
든 마법은 정해진 수순이 있는 법이다. 흰 쑥을 태운 재를
물에 갠 후 용 기름에 담가 불에 태워야 한다. 그리고 정해
진 주문을 외워야만 성립한다.

그러나 티스는 그걸 모두 무시했다. 그럼에도 마법은 티
스의 부름에 응했다.

가지고 있는 마력이야 아직 학생급이지만 응용은 어지
간한 아카데미의 교수님들보다 유연하다.

마차는 이윽고 율케스의 별장에 도착했다.

말이 별장이지 어지간한 대저택에 버금갈 정도로 웅장
하다. 끝없이 이어지는 정원을 바라보며 샨이 감탄했다.

"자기 영지에 별장 여러 개 있는 거 처음 봐."

티스가 무슨 헛소리를 하냐는 듯 되물었다.

"애기야, 보통 다들 여러 개 가지고 있어. 율케스의 란
츠크네 영지만 해도 어지간한 소국가 여러 개 합친 크기에
버금간다고? 거기다가 란츠크네의 기초는 흑마법이야. 흑

마법은 지하에 공방을 만들어야 하는데, 그러기 위해서는 일반 성을 개조하는 것도 한계가 있어. 당연히 후계자들마다 따로 저택을 지어 주는 게 관례야."

"크롬이 있는 마이어하트 영지는 엄청 많겠네?"

"그쪽은 호화스럽기로 유명하지. 거기다가 후계가 크롬 하나뿐이니까. 걔는 매달 집 하나씩 바꿔 살아도 남을 거다."

부자 영지는 이렇게 다르구나. 영토의 절반 이상이 산지이고 영지민들보다 몬스터가 더 많은 알테리온의 셋째 아들은 그렇게 감탄했다.

그랬어. 역시 돈 많은 집은 달라. 우리는 있는 집도 건사하기 바쁜데. 그나마 난방 하나는 빵빵했는데, 그것도 큰형이 집에 있어서 남는 시간 동안 장작 캘 때나 빵빵하지, 어디 수련이라도 나가 버리면 샨의 방 외에는 냉방일 때가 허다했다.

아버지는 불필요하게 장작 패는 것도 안 좋아하신다. 그래서 아르고 형과 하루가 멀다 하고 싸우곤 했다. 집에 시종들 내버려 두고 이게 무슨 짓이냐고.

어머니라도 살아 계셨다면 나았으련만 이놈의 집구석은 순 남자들뿐이다. 거칠 수밖에 없다.

'그래, 아르고 형 말이 맞아. 돈을 많이 벌어야 해. 많이 벌어서 우리 집도 개축하고 그래야 해!'

샨이 있는 알테리온 저택이 율케스의 별장만도 못하다는 사실이 이토록 쓰릴 수가 없었다. 저래 봬도 곱게 자란(?) 친구다. 내색 하나 하지 않고 집에서 잘 지내 준 율케스가 고맙다.

율케스는 마부에게 삯을 주고는 안으로 들어갔다. 의당 있어야 할 메이드나 집사, 문지기도 보이지 않는다.

티스가 물었다.

"갑자기 도착해서 없는 건가?"

율케스가 대문을 열었다.

"보통 내가 없어도 돌보게 되어 있어."

문득 드넓은 정원 끝에서 뭔가가 천천히 이쪽으로 다가왔다. 사람이라고 하기에는 깡말랐고, 짐승이라고 하기에는 규칙적인 움직임을 가진 그것은 이쪽을 향해 까딱까딱 다가온다. 뭔가 싶어서 샨은 한참을 집중해서 바라본다. 지금은 카이에게서 마력을 빌려올 수 없다.

지친 카이의 몸에서 함부로 마력을 끌어당겼다가는 그 여파가 어떻게 돌아올지 상상도 하기 힘들다.

샨은 대신 이서릴의 마법 장갑을 꼈다. 장갑을 타고 힘이 흘러들어 온다.

그 순간, 땅 밑에서 새하얀 뼈가 샨의 발목을 붙잡는다. 스켈레톤. 샨은 발을 굴러 놈의 움직임을 피한다. 샨과 율케스, 티스의 주변으로 언데드가 솟아 나온다.

티스가 말했다.

"율케스, 너네 동네 지역 특산품이 올라오고 있는데?"

순식간에 언데드들이 일행을 포위한다. 율케스가 말했다.

"형님들 중에 한 분이 마침 실험하는 중이었던 모양이다."

"율키르?"

"율키르일 수도 있고, 큰형일 수도 있고."

미리 말했어야 했나? 율케스는 그제야 자신의 실수를 깨달았다. 아나나 다를까 주인도 못 알아본 스켈레톤들이 일제히 셋을 공격했다. 그중에서도 가장 약한 샨이 첫 번째 표적이다.

샨은 가방 안에 든 카이의 부담을 줄이기 위해 최대한 몸을 적게 움직여 공격을 피한다. 그러고는 바닥에 진각을 밟는다.

쿵—

충격이 중추혈을 타고 올라온다. 그러고는 어깨를 타고 곧바로 발경한다.

붕권!

마력이 담겨 있지 않아도 이미 마법 장갑이 샨의 기술을 보조해 준다. 스켈레톤들이 한순간 와르르 무너진다.

티스가 휘파람을 불었다.

"제법 하는데?"

샨이 대답했다.

"카이 때문에 많이 싸우진 못해. 거기다가 알도 부화 중이고."

그리 말하고는 담벼락으로 단번에 올라간다.

탁—

발이 땅에 닿자 샨의 머리카락이 가볍게 부풀어 올랐다. 그런 샨을 바라보며 티스가 말했다.

"애기야."

"응?"

"너 그 사이에 더 이뻐졌다."

그 말이 끝나기가 무섭게 샨의 주변으로 살기가 폭사했다.

쿠항—

샨이 되물었다.

"뭐? 다시 말해 봐."

티스가 식은땀을 흘린다.

"아, 아니야. 아무것도."

샨은 아름다워졌다. 그 사이에 더 아름다워졌다. 해를 삼키는 뱀이 알로 돌아갈 때 하늘에서 빛이 쏟아졌다. 샨은 그 빛을 고스란히 받아야 했다.

샨은 모르고 있었지만 불의 근원이 샨을 삼켰을 때, 그 불은 샨의 혈관 구석구석까지 파고들었다. 보통이라면 죽었어야 정상이다. 그러나 샨에게는 달의 가호가 깃들어 있었다.

음의 기운인 달의 힘과 춤추는 천칭인 카이의 가호, 그리고 모든 것을 태우는 불의 근원이 함께 부딪쳤다.

샨이 의식을 잃는 그 순간, 화염은 샨의 혈관을 타고 들어가며 불순물을 태웠다. 흔히 동대륙에서 말하는 벌모세수나 환골탈태와 비슷한 효과다.

샨은 세 기운을 받아들여야만 했다. 애초부터 샨 안에는 변변한 마력이라고 할 만한 게 없었다. 보통 마법사가 가져야 할 마력이 없었던 데다 기혈까지 뒤틀려 있었기에 세 기운은 부딪치지 않았다. 오히려 엉뚱한 곳으로 흐르다가 몸을 정화시키는 데에만 그 힘을 탕진했다.

한마디로 소드 마스터를 능가하는 최고의 검사가 될 수 있는 기회였지만 그걸 괴이한 체질과 특유의 악운 때문에 오로지 미용으로 사용하고 만 처절한 케이스다.

그걸 당시 함께 있던 샨의 형들과 친구들이 알아챌 방법이 있을 리가 없다. 샨 본인은 말할 것도 없었다. 샨의 주변에도 순 새카만 사내자식들뿐이니 그나마 눈썰미 있는 티스가 위화감을 눈치챘다.

하지만 그런 티스조차도 단번에 형들급의 무력을 가질 기회를 고작 미용으로 날려 버렸을 거라고는 상상도 못 하는 상황이었다.

샨은 아름다웠고, 아름다웠다. 그저 아름다울 뿐이었다.

남성 특유의 단단하고 탄력적인 체격에 커다란 눈동자, 깊은 동공과 달빛에도 눈처럼 빛나는 피부까지 더해지니 이 세상 것이 아닌 듯이 아름다웠다.

그런 주제에 귀여운 맛은 없어서 그 흔한 눈웃음 한 번 쳐 주는 일이 없었다. 애교는커녕 속은 땀내 나는 근육질 사나이 그 자체다.

'아깝단 말이지.'

티스는 채찍을 휘두르며 주변을 휩쓸기 시작했다. 저런

미모로 남자라니. 남자가 잘생겨 봐야 쓸 데가 어디에 있 단 말인가.

'이서릴 그 여자가 좋아하겠네.'

그렇지 않아도 샨의 미모에 홀딱 빠져 있지 않았던가.

채찍이 주변을 계속해서 후려친다.

티스식 천참편!

누구에게도 배운 적 없이 티스 홀로 익힌 기술이다.

한 번에 무너지지 않으면 열 번을 치고, 열 번에 무너지 지 않으면 백 번을 친다. 백 번에 쓰러지지 않으면 천 번을 친다. 마치 폭풍우 치는 날의 회오리바람처럼 티스의 채찍 이 주변을 수천 번 갉아먹기 시작했다.

율케스는 속으로 생각했다.

'공격에 상념이 묻어 있군.'

평소보다 거센 티스의 공격이 이어진다. 율케스 역시 가 만히 있을 생각은 없었다. 율케스는 스톰 브레이커를 뽑아 들었다. 투명한 검날이 율케스의 손을 타고 밀려온다. 해 를 삼키는 뱀을 상대할 때조차 부서지지 않은 검이다. 용 암을 정면으로 베었는데 녹지 않았다. 율케스의 기감을 타 고 검이 울었다.

율케스는 가볍게 검격을 뽑았다.

에론 알테리온식 검초 초식, 무상(無常)!

'모든 삶은 죽음으로 흐르며 한 번 죽은 것은 두 번 다시 계속되지 않으니, 검은 무정(無情)하고 무상(無常)해야 한다. 그게 바로 검의 극의에 이르는 길이며, 인간이 인간의 길을 버리는 길이라.'

에론은 자신의 제자에게 이것을 가르치며 제자의 팔 한쪽을 후련하게 날려 버렸다. 아무리 다시 붙이면 붙는 몸이고 인간의 재생력을 아득히 뛰어넘은 몸이라 해도 제자를 대하는 스승의 태도가 한낱 개미를 대하는 것만도 못하다.

'어차피 시체인 몸뚱어리. 다시 붙여도 일어날 몸뚱어리. 그러나 당신도 영원을 살 수는 없겠죠. 언젠가는 멈추게 될 몸뚱어리.'

그렇기에 삶은 덧없고, 검은 더욱 무정해진다.

'한 번 져 버린 동백을 누가 다시 피울 수 있겠습니까.'

마치 사람의 목이 떨어지듯 동백의 목도 떨어진다. 그리고 한 번 떨어진 것은 두 번 다시 되돌아오지 못하니.

율케스의 검이 적의 목을 부순다. 새카만 피가 튀어 오른다. 아아, 동백이다. 율케스는 문득 생각한다. 그의 검이 빠르게 무정하게 밀려간다. 양 떼 사이에서 날뛰는 사자,

아니 밀밭을 추수하는 농꾼이다.

날리고 베고 죽이기를 반복한다. 율케스의 검이 무르익고, 또 무르익을 즈음. 율케스의 검에서 불길한 빛이 폭발한다. 샨은 그 기세를 일찌감치 읽고는 담벼락 위를 달린다. 티스는 '미친놈'이라고 욕설을 퍼부으며 채찍을 뻗어 나무 위까지 치솟는다. 그 순간, 율케스의 두 번째 초식이 미끄러졌다.

에론 알테리온식 제2초식, 무정(無情)!

율케스의 검을 감싸던 검기가 한순간 치솟는다. 검기가 아니다. 검강, 검강이라고도 부르는 그것이 솟아오른다. 안개처럼 검을 감싸던 기운이 이제는 하나의 형태가 되어 단단하게 솟아오른다. 그게 바로 검강, 오러 블레이드다.

소드 마스터 중수에 다다른 그 증거가 폭사한다. 검강이 흡사 거대한 창처럼 치솟는다. 칼을 휘두른다. 초압축 진공파가 율케스의 손을 따라 미끄러진다.

언데드의 가장 무서운 점은 머리를 베도 몸이 움직인다는 데에 있다. 그렇기에 원래라면 티스가 하는 방식이 옳다. 채찍을 이용해 몸을 부순다.

망치로 호두를 깨듯 잘게 부수고, 또 부순다. 베는 것만으로는 부족하다. 부숴야 한다.

그러나 율케스의 검강은 검강을 순식간에 검사(劍絲)로
변형시킨다.

　검기를 오러 소드라고 부르고, 검강을 오러 블레이드라
고도 부른다. 그러나 검사는 부르는 용어 자체가 없다. 오
러 그 자체를 마치 실처럼 가늘게 만드는 기술로, 이것은
에론만이 사용하는 전매특허다.

　에론은 그냥 동대륙에서 검기, 검강이라고 부르니까 검
사라고 부르자고 퉁쳤다. 과연 알테리온 집안의 사람답게
이름 짓는 센스는 꽝이다.

　율케스는 이걸 오러 와이어라고 부르기로 했다.

　단단하던 검강이 실이 되어 흩어진다. 기로 만들어진 미
세한 와이어가 적을 도륙한다.

　검의 한계를 뛰어넘은 셈.

　수백의 언데드들이 일격에 사라진다. 친우의 성장을 지
켜보며 티스가 말했다.

　"이래서 고향이 좋구나. 저 자식 더 강해졌다."

　율케스가 다 처리할 테니 본인은 놀겠다는 심산이다. 샨
은 담벼락에 앉아 작게 한숨을 쉬었다. 그리고 보면 티스
는 무슨 일이든 전력으로 하는 걸 본 적이 없다.

　티스는 율케스가 묵묵히 언데드를 다지는 것을 바라보

다 문득 사람 하나가 이쪽으로 걸어 나오고 있다는 걸 깨달았다.

율케스와 닮은 창백한 백금발.

은색에 가까운, 빛이 빠진 금빛 머리칼의 사내다.

단단한 눈매에 또렷한 이목구비를 가진 사내는 율케스만큼이나 키가 컸다.

티스는 그가 율케스의 큰형이라는 것을 한 번에 눈치챘다.

'이놈의 란츠크네 집안 사람들은 선조가 콩나물이었나. 물만 마셔도 키가 크네.'

그가 손을 뻗자 마력이 풀린다. 땅에서 무한하게 생성되던 언데드들이 일제히 재가 되어 흩어졌다.

"온다는 전갈도 없이 무슨 일이지? 아우여."

얼음처럼 미동도 하지 않던 율케스의 눈썹이 한순간 흔들린다. 율케스의 자세가 바뀐다. 상체를 뒤로 빼며 검을 뽑아 들었다. 검기가 맺힌다. 샨이 뭐라 제지하기도 전에 율케스의 잔상이 흩어진다. 그리고 그 잔상은 그의 형 바로 뒤에서 모습을 드러낸다.

투명한 칼날이 태산을 가른다.

타아아앙!

형 머리 바로 위로 쌍둥이 여성이 나타나 큼지막한 도끼를 휘두른다.

두 여성 모두 눈에 띌 만한 미인이지만 눈동자에 초점이 없었다. 흡사 인형과도 같다고 샨은 생각했다.

'아니, 인형이 맞나?'

사람이라면 어쩔 수 없이 생기는 불필요한 움직임이라는 게 있다. 숨을 쉬기 위해서는 가슴이 움직여야 하고, 뼈를 움직이기 위해서는 근육의 수축이 필요하다. 거기다가 어떠한 공격을 막기 위해서는 준비 자세가 필요했다. 하지만 그런 게 일절 없었다.

심지어 그녀들은 눈 하나 깜빡이지 않았다.

"인형이 새로 바뀌었군."

율케스의 말에 그의 형이 웃었다.

"너 역시 솜씨가 늘었구나."

율케스가 검을 도로 검집에 집어넣는 것을 확인하고 샨은 담벼락에서 내려왔다.

"그 인형은 시체로 만든 건가요?"

샨의 질문에 그가 답했다.

"아니, 진짜 인형이다. 뼈와 바위, 그리고 보석으로 만들어진 진짜 인형. 율키르는 죽은 자를 통해 생명을 구한

다면 나는 무생물에 생명을 집어넣는 걸 주축으로 연구하고 있지. 물론 그 연구를 위해 사람의 시체를 쓰기도 하지만 말이지."

이 정원을 가득 채울 만큼의 언데드들을 소환했다. 수를 세는 것조차 무의미했다. 그게 본인의 전공이 아니라면 진짜 전공인 인형술은 얼마나 대단할까.

흑마법 계파에 인형술이 있는 건 사실이지만 아카데미에서는 다루지 않고 있다.

사람의 시체에 비해 인형은 예산이 많이 드는 데다가 시체를 부리는 것보다 훨씬 까다로워 실전에서 도태되기 쉽기 때문이다. 그럼에도 불구하고 율케스의 검격을 튕겨낸 두 인형은 놀랄 정도로 빠르고 강력했다. 그가 손짓하자 인형들은 그의 그림자 속에 흡수된다.

'율키르와 필적할 정도, 아니면 그 이상으로 강한 존재.'

샨은 그에 대한 분석을 짤막하게 끝냈다.

그는 샨을 바라보다가 입을 열었다.

"네가 저택에 여성을 데려올 줄은 몰랐군. 아버지가 네게 정혼자를 허락했다는 소린 들은 적 없는데? 아니면 그냥 놀이 상대인가?"

그 말에 샨의 얼굴이 귀까지 빨개진다. 어차피 이런 오해는 익숙하다. 하지만, 그렇다고 기분이 나쁘지 않은 건 또 아니었다. 샨이 얼굴만 붉히며 대답을 하지 않자 남자는 샨이 부끄러워하는 거라고 생각한다.

"상당한 절색이군. 내 인형들도 이 정도의 미모를 가진 게 없는데 살아 있는 존재가 이 정도 미모를 갖는 건 처음 본다. 죽으면 시체 기증할 생각 없는지 물어봐도 되나?"

"이미 물었잖습니까."

샨이 작게 뇌까린다. 목소리에 배어나는 절절한 분노를 느꼈을 법도 하건만 그는 자기 페이스대로 밀어붙였다.

"내 이름은 율리츠 란츠크네다. 소녀, 기분 나빴다면 미안하군. 그동안 진정한 미에 가까운 존재는 인형밖에 없으리라 생각했건만 내 생각을 깨 준 매우 고마운 계기가 되었어. 괜찮다면 그대의 사후에 시신을 내가 인수해도 되나? 음, 생각해 보니 너무 늦게 죽으면 이쪽도 곤란하군. 노화가 진행되면 지금 같은 미모를 유지하기 어려워질 테니."

율리츠, 율키르, 율케스 삼형제인가.

맏형 율리츠는 한참 동안 자기만의 세계에 빠져 뭔가 어려운 말을 끊임없이 중얼거린다. 그러고는 결론을 맺었는지 샨에게 물었다.

"적당한 보수를 줄 테니 자살해 줄 생각은 없나? 고통 없이 죽는 약물은 이쪽에서 제공해 주겠네."

샨은 방긋 웃었다. 그러고는 카이와 알이 들어 있는 가방을 티스에게 맡겼다. 티스가 어어, 당황하며 샨의 가방을 받는다.

홀가분해진 샨은 율리츠를 향해 주먹을 날린다. 마법 건틀릿이 샨의 근력을 극대화시킨다. 그의 그림자 밑에서 쌍둥이 인형이 튀어나온다. 그녀들이 도끼의 옆날로 샨의 주먹을 막는다. 그 순간, 샨은 주먹을 펴서 오히려 충격을 밀어 넣는다.

알테리온식 유권. 진동격파!

점이 아닌 면으로, 충격을 안으로 넣는다.

차라리 율케스가 했던 것처럼 칼날로 내리쳤으면 쉬웠을지도 모른다. 충격은 도끼날을 타고 날 자루로 파고든다. 퍽 소리와 함께 도낏자루가 터졌다.

"호오?"

율리츠의 눈이 커진다. 샨이 대답한다.

"뭔가 오해하신 것 같은데, 저는 남자입니다. 그리고 시신을 팔 생각도 자살할 마음도 없고요."

티스가 이마를 쓸었다.

'이런, 샨 터졌네.'

그렇지 않아도 이런저런 고초 때문에 힘들던 참이었는데 역린까지 건드리다니.

옛날의 샨이라면 여자 같다는 말에 두 눈만 뎅그러니 뜨고 있었으리라. 그러나 지금의 샨은 다르다. 세상 물을 먹어도 너무 먹어 버렸다.

거기에 가장 일조했던 티스는 기묘한 죄책감을 느낀다. 새하얀 눈밭에 오줌을 갈긴 것 같은 기분이다.

율리츠가 대답했다.

"남자였군. 그 정도 얼굴이면 남자 인형도 괜찮다 싶은데, 어떤가?"

"율키르와 똑같은 말을 하시는군요. 거절합니다."

노골적인 적의에도 그는 꿈쩍도 하지 않는다.

"호오, 율키르를 아는가? 만났나 보군. 그나저나 아쉽군. 저 정도 미모라면 두고두고 오래오래 후대에도 남길 수 있으련만……."

그는 혀를 차다가 뭔가 떠올렸는지 다시 물었다.

"그러고 보니 내 아우 율키르 성격이라면 거절해도 포기하지 않았을 터인데 어찌했나?"

강제로라도 언데드로 만들려고 하긴 했지. 하지만 그 과정을 저 사람에게는 추호도 말하고 싶지 않았다.

샨은 대답 대신 고개를 저었다.

3.

그를 보내고 샨과 율케스, 티스는 짐을 풀어 놓았다. 율리츠의 명에 따라 시녀들은 사람이 아닌 인형들로 대체되었다. 걸을 때마다 톱니바퀴 맞물리는 소리가 울렸다.

율케스가 말했다.

"어지간한 명령은 전부 알아듣는다. 지치지도 않으니 보통 시종보다 편해."

티스가 아이스크림을 그릇째로 퍼먹으며 말했다.

"너는 이게 익숙하냐?"

"아주 어릴 때는 시종 대신 이게 날 돌봤어. 흡혈 욕구 참는 게 많이 힘들었거든."

율케스는 어릴 때부터 흡혈귀였다. 말도 제대로 배우지 못한 어린아이가 자제력을 가질 리가 없었다. 그렇기에 시종은 모두 인형들로 대체했던 모양이다.

"힘들었겠다."

샨의 말에 율케스는 짧게 대답했다.

"별로. 지금이 더 힘들지."

그게 무슨 뜻인가 싶어 샨은 눈만 꿈뻑인다. 그러거나 말거나 율케스는 시종들을 시켜 샨과 티스가 머무를 방을 정돈했다.

"부화는 둘째 치고 주인이 문제야."

그렇지 않아도 카이의 독점욕이 점점 커져 가는 걸 느낀다. 그동안 이서릴과도 그토록 싸우지 않았나. 이 세계에서 가장 오래된 드래곤을 상대로도 으르렁대는 카이인데 어린 두 드래곤이 샨에게 접근한다면 어떻게 대할지 뻔했다.

귀여워 보여도 본질은 야수이고 육식동물이다. 드래곤이란 존재의 양면성을 마냥 모른 척할 정도로 샨은 순진하진 않았다. 율케스가 한참을 고민에 잠겨 있다가 입을 열었다.

"주인이 죽고 나면 드래곤은 어떻게 되지?"

"야생용이 되거나 아니면 보모용이 되기도 해. 확실한 건 새로운 주인은 모시지 않는다는 거야."

율케스는 턱을 쓰다듬었다.

"훗날 야생용으로 둘 거라면 내가 맡겠다."

"왜? 율케스는 뱀파이어잖아. 인간보다 더 오래 살지 않아?"

샨의 질문에 율케스는 대답하지 않았다. 티스는 묵묵히 아이스크림을 퍼먹는다. 태엽 인형 사이로 침묵이 달각거린다. 그 불협화음을 한참이나 듣고 있었다. 뭔가 이상하다는 생각은 전부터 했지만 그게 뭔지 알 수가 없어 입 밖으로 꺼낼 수 없었다.

평소 둔하다는 소리를 듣고 자란 샨인지라 더욱 그랬다. 티스는 속눈썹을 내리깔았다. 새빨간 눈동자 속 심연이 달처럼 흔들렸다.

"애기야."

오랜만의 애칭에 샨이 눈을 든다. 율케스가 그런 티스의 어깨를 붙잡는다. 말하지 말라는 명백한 경고, 그럼에도 티스는 침묵을 부순다.

"율케스는 졸업 후에 못 볼 거야."

"가문으로 돌아가니까?"

샨의 질문에 율케스가 담담하게 대답한다.

"그래."

그 말을 티스가 정정한다.

"정확히 말하면 실험체가 되어야 하거든. 아버지와 약속했어. 학교를 계속 다니게 해 달라고, 그 대신 남은 인생은 마음대로 해도 좋다고."

샨의 흰자위가 새파랗게 질린다. 바닐라보다는 파랗고, 칼날보다는 온화한 빛에 티스는 내심 만족한다.

"생체 실험이야 당연한 거겠지만, 굳이 죽이진 않으시겠지. 지금의 율케스는 마왕의 힘을 각성했다고? 핏방울 하나에도 엄청난 가치가 있어. 자르고, 찌르고, 해체하고, 파헤치시겠지. 회복력 하나만은 끝내주잖냐. 그러고 나면 아마 아주 오랜 시간 후에, 적당하다는 판단이 들면, 포르말린에 담기게 될 거야."

샨의 새하얀 손가락에 힘이 들어간다. 마법 장갑 없이는 유리잔 하나 깨지 못하는 손이다. 티스는 샨의 미간이 깊게 파이는 것을 음미한다.

'참 잘생겼어.'

그의 인생에 있어 친구란 율케스 하나뿐이었다. 그도 그럴 것이 옆에 두려면 무조건 잘생겨야 했고, 강해야만 했다. 게다가 그래도 황족인지라 티스의 심미안을 만족시키려면 일반인들이 만족하는 수준을 아득히 뛰어넘어야 한다. 값이 같으면 다홍치마가 아니라 무조건 다홍치마여야 했다.

또한 뻑하면 암살이니 황실 일이니 죽을 고비를 넘기다 보니 적어도 날아오는 암살자를 피해서 목숨을 건질 정도는 돼야 했다.

티스는 가끔씩 본인의 심장이 피와 살이 아닌 날카로운 면도날을 이어 붙여 만든 게 아닌가 고민하곤 한다. 친구가 아니라 친혈육이라 하더라도 인질이 되는 순간 얼마든지 버릴 준비가 되어 있기 때문이다. 물론 그렇다고 해서 뒷맛이 아예 안 남는 건 아니었다.

불필요한 이가 죽는 건 싫었다. 특히 얼굴 예쁜 사람이 죽는 건 더욱 입이 쓰다.

그런 딜레마 속에서 그의 곁을 지킨 건 율케스 하나뿐이었다. 이 인간은 티스가 갑자기 사라져도 아랑곳하지 않으며 암살자 몇쯤이야 씹어 먹을 정도로 강하다. 심장에 칼을 꽂아도 죽지 않으며 팔다리 하나씩 날아가도 이어 붙이면 붙는 놈이다.

이미 한 번 죽은 놈을 또 죽이는 것보다 어려운 일은 없었다.

거기다가 얼굴도 그럭저럭 나쁘지 않았다.

그러나 그의 또 다른 친우인 샨은 달랐다.

율케스처럼 강하지도 않았지만 티스는 결국 샨을 곁에 두고 만다. 우정이라는 풍선을 흔들기에는 남아 있는 꿈사탕이 없다.

'그렇다면 아마 얼굴 때문이겠지.'

말도 안 되게 잘생겼다. 샨은 아름답고 아름답고 아름답고 아름다워서, 이제는 '아, 이 자식은 인간이 아니구나.' 싶을 정도로 아름다웠다.

세끼 밥도 안 먹고 얼굴만 쳐다봐도 괜찮다 싶을 정도로 아름다웠다. 샨은 굳이 표현하다면 아주아주 예쁘게 생긴 짐덩이였다.

저게 짐이 될 게 뻔한데, 훗날 티스의 인생에 꽃 쓰레기로 남을 게 분명한데 그럼에도 너무 예뻐서 버릴 수가 없다.

사내새끼가 저렇게 예뻐서 뭐에 쓰나 싶은 생각과 자기 몸은 자기가 챙기겠지 하는 생각이 늘 부딪친다.

'지금은 그나마 자기 몸 하나는 건사할 정도로 강해졌으니 망정이지, 원.'

아마 샨이 성장하지 않고 영원히 그대로 꽃 쓰레기인 채로 남았다면 지금쯤 티스는 샨의 무덤을 치우고는 밤길에 그의 형, 에론 손에 사지가 토막 나 있었을 거다.

'잘생겼어. 크으, 진짜 잘생겼어. 사내놈이 이야아, 작품
이네.'

다섯 살 어린애도 8서클 대마법사로 만들어 줄 기연을
미용으로 홀라당 다 써 버렸다. 샨의 얼굴은 이제는 어떤
표정을 지어도 아름다워 보이는 지경에 이르렀다.

'역시 잘생겼네. 이래서 비싼 돈 주고 예술품을 모시
지.'

저택에 왜 대리석 조각을 가져다 놓나. 저 얼굴로 서 있
으라고 하면 되는 것을.

티스는 샨이 알았으면 백 대는 주먹을 날렸을 생각에 취
해 시간을 잊는다. 그동안 정작 샨 본인은 율케스 문제로
고민에 싸여 있었다. 이윽고 결정을 내렸는지 핏방울처럼
붉은 입술을 벌렸다.

"막을 거야."

"뭐?"

"절대로 그런 일이 생기지 못하게 막을 거야."

샨 주제에 제법 단단하게 치솟은 눈초리를 감상하며 티
스는 아이스크림을 퍼먹는다.

"혹시 모르나 싶어서 말해 주는데, 샨 너네 형들은 이번
일 못 도와준다. 이건 다른 집안 일이야. 설마 너 혼자 다

처리하겠다는 의미로 말한 건 아니겠지?"

"맞아."

"불가능하다고 말하면 상처받으려나? 음, 바보라고 하면 더 상처받겠고."

이미 제 입으로 다 말한 주제에 아닌 척하고 있다. 샨이 입을 열었다.

"생각해 둔 게 있어. 절대로 율케스를 이렇게 보내진 않을 거야."

율케스가 머리를 긁적였다.

"샨, 이건 거래다. 그게 내가 아카데미를 다니는 대가야."

"무슨 상관이야?"

"뭐?"

율케스의 눈이 살짝 커진다. 샨이 말을 이었다.

"무슨 상관이냐고, 율케스. 어차피 무슨 상관이야. 학생이 학교 다니는 게 목숨을 바쳐야 할 정도의 거래인가? 나는 아니라고 봐. 학교 다니고 목숨도 바치지 마. 그러면 되지."

어거지다. 누가 봐도 어거지다. 그러나 샨은 꿋꿋이 말을 이어갔다.

"부모라며? 그 정도는 해 줘도 되잖아?"

"생물학적 부모지. 나는 이미 한 번 죽은 몸이다. 가족들 사이에서 내가 어떤 취급을 받는지 알고 있을 텐데?"

샨이 몸을 일으켰다.

"율케스, 알은 네가 맡아. 알 두 개 모두 너에게 줄게. 저래 보여도 태초의 뱀이야. 어지간한 드래곤보다 강할 거야."

문장 사이에 숨겨진 말을 율케스는 단박에 깨닫는다.

"나보다 내 아버지와 싸우라는 건가?"

샨이 대답했다.

"필요하다면."

티스가 어이가 없다는 듯 이마를 찌푸렸다.

"너, 율케스 아버지가 얼마나 강한지 알고 있냐?"

"왜? 우리 아빠처럼 기공파로 산에 구멍이라도 낸대? 아니면 뭐 검기로 2000미터짜리 빙하라도 갈라 보셨대?"

"……."

"……."

빌어먹을, 알테리온 가문.

티스는 속으로 욕을 백번쯤 내뱉는다. 다섯 살에 맨손으로 오크를 쳐 잡고, 열 살이면 장난감 칼로 화강암을 자르기 시작하는 집안이다. 정작 이 소년 본인은 칼질 한 번 제대로 못 하는 주제에 눈은 하늘에 가 있다.

티스는 설득하기를 깨끗하게 포기했다.

"알아서 해라. 그것도 다 경험이지, 애기야."

"나 애기 아니거든?"

"니가 내 말 들어 처먹는 걸 본 적이 없으니, 원."

티스는 궁시렁거리며 소파에 몸을 파묻는다. 이 와중에도 샨의 짜증내는 표정을 감상하고 앉아 있는 자신의 심미안이 괴롭다.

"샨."

"왜?"

"너 차도르 쓸 생각 없냐? 면사포라든가."

그 말에 샨이 노골적으로 짜증스럽다는 표정을 짓는다. 대체 사내새끼가 아름다워서 뭐에 쓴단 말인가. 그러거나 말거나 율케스는 묵묵히 책을 꺼내 읽는다. 도서관에서 장기 대출 받은 할리퀸 로맨스 책이다. 2미터에 육박하는 사내놈이 할리퀸 로맨스를 보고 있는 건 꽤나 진풍경이었다.

율케스가 물었다.

"알은 언제쯤 부화하지?"

"음, 그걸 나도 잘 모르겠어. 카이도 사실 갑작스럽게 태어났던 거라. 금은 가기 시작했지만 이 다음 부화하기까지 한 시간이 걸릴지, 열 시간이 걸릴지."

"그러면 대기해야겠군."

율케스는 알을 들고 올라간다. 티스가 물었다.

"너는 대체 왜 아까부터 남의 일처럼 대하는 거야? 네 미래잖아. 아무 생각 없는 거야?"

"없어."

율케스는 딱 잘라 말했다. 티스가 어이가 없어 말문을 잃는다. 율케스는 한마디 덧붙였다.

"지금으로 만족해."

"어째서? 시한부 인생이잖아. 졸업하고 나면 모든 걸 잃게 된다고. 정말 그걸로 된 거야? 마누라도 만나고 토끼 같은 자식도 낳아야지. 그 나이에 총각으로 뒤질래? 진짜 미련 없냐?"

율케스가 대답했다.

"응, 없어. 이미 꿈을 이뤘으니까."

"꿈? 너 나 없는 사이에 어디 여왕마마라도 잡은 거야?"

티스다운 질문에 율케스가 손가락으로 뺨을 긁는다. 율케스가 그나마 감정을 드러낼 때 취하는 인생 최대의 제스처. 이윽고 율케스가 한마디 던졌다.

"마음을 나눌 친구들이……생겼잖아."

율케스는 그 말을 끝으로 문을 쾅 닫고 들어갔다. 샨과 티스는 귀까지 시뻘겋게 붉혔다. 티스가 힘겹게 말했다.

"저, 저 나이에…… 그런 말이라니……."

이 발언만큼은 샨도 견디기 힘들었는지 손에 힘을 꽉 쥐었다.

"소, 손가락이 안 펴져."

"크읔, 저 자식 할리퀸 읽을 때부터 알아봤어야 했는데."

대체 저 근육질 덩어리 어디에 이렇게 말랑말랑한 소녀심이 살아 있는 걸까. 두 청소년은 펴지지 않는 손가락을 부여잡고 온몸을 한참이나 꿈지럭댔다. 이윽고 샨이 시뻘게진 얼굴로 말했다.

"아무튼 저대로 죽게는 안 둘 거야."

"그래. 저딴 소리 듣고 내가 어떻게 제명에 살겠냐. 저 새끼 졸업할 때도 얼음 같은 표정으로 저딴 소리를 내 면전에 뱉을 걸 생각하면…… 아오!"

두 사나이는 그렇게 결의를 다졌다.

4.

율케스가 방에 들어가 있는 사이에 티스와 샨은 어떻게 하면 율케스의 안전을 보장받을 수 있는가 논의해 봤다. 어찌 되었든 남의 집안일이다. 샨이나 티스가 직접 나서는 것쯤이야 젊은 날의 치기라고 표현할 수 있다. 그러나 샨이 형들을 끌어들인다거나 티스가 몇 없는 자신의 황실 추종자를 끌어들인다면 이야기는 달라진다.

샨은 머리를 쥐어짜며 한참이나 고민했다.

이윽고 티스가 담뱃대를 그러쥐었다.

"멀리 볼 것 없이 하나씩 무너뜨려야지."

"하나씩?"

"체스를 둘 때는 누구도 처음부터 왕을 잡기 위해 전진하지 않아. 병졸을 치고, 적장을 치고, 마지막으로 왕의 목을 치지. 여기서는 병졸이랄 게 없으니 적장만 치면 되겠네."

티스의 붉은 눈이 호를 그리며 움직였다. 여인네들 앞에서는 결코 보여 주지 않는 서늘한 눈매에 샨은 작게 한숨을 쉬었다. 티스는 이럴 때마다 그의 친우가 아닌 것 같앉기 때문이다. 그럼에도 티스의 본질은 사실 이런 모습이 아닐까, 샨은 생각한다.

티스는 담뱃대에서 연기를 한 모금 삼키더니 아이디어가 떠올랐는지 물 잔을 들고는 테이블에 왈칵 끼얹는다.

"무슨 짓이야?"

"아아, 잠시만잠시만."

티스는 담배 연기를 후 불었다. 마력이 담긴 연기다. 연기가 스스로 룬 문자를 만들어 낸다. 물을 사용하는 건 청탑의 고유 마법이다. 물은 공간을 상징하며 달과 여성, 보호와 통찰을 뜻한다.

과연 이 중에 어느 힘을 사용할 것인가.

티스의 마력에 따라 물방울이 스스로의 모습을 변형한다. 탁자 위, 거울처럼 얇은 판이 떠오른다.

그 안에 한 남성의 얼굴이 비친다.

5.

어둠 속, 한 소녀가 걸음을 옮긴다. 흑단 같은 긴 머리카락을 허리 아래까지 내린 소녀는 면사를 코 위까지 푹 뒤집어썼다. 겉으로 봐서는 소녀의 이목구비가 보이지 않는다. 다만 새빨간 입술과 가는 턱 선만이 이 소녀가 범상치 않은 미인이라는 것을 짐작하게 해 준다.

소녀는 방랑 수녀복을 입고 있었다. 머리끝부터 발끝까지 검은색 일색에 스커트가 발목 위에서 끝나는 옷으로, 몸매도 전혀 드러나지 않아 보통 사람이 입으면 중년 여인으로 보일 법한 그런 차림새였다.

펑퍼짐한 옷자락 사이로 소녀의 새하얀 손목이 드러난다. 달빛이 소녀의 손가락을 핥는다. 이내 새하얀 빛으로 물든다. 소녀가 걸을 때마다 묵주가 절그럭거리는 소리를 냈다. 그 모습이 어딘가 애처로웠다.

소녀는 먼 길을 한참이나 걸었다. 기이하게도 숲을 곧장 가로질러 가는데도 소녀에게 손대는 산짐승 하나 없었다. 지친 기색도 없이 소녀는 걷고 또 걸었다.

마침내 그녀는 거대한 저택 앞에 도착했다.

저택 앞에서 두 손을 모으고 기도문을 읊는다.

시종이 없는데도 대문이 스스로 열린다. 소녀는 계속해서 걸음을 옮겼다.

소녀가 한 걸음 걸을 때마다 문이 하나둘씩 열렸다. 벽 안에서는 태엽 소리가 울렸다.

'아아, 장난감 집이구나.'

어릴 때 방랑 상인들이 보여 주던 그런 집. 스위치를 누르면 자동으로 문이 열리고 시간이 되면 태엽이 움직여 새소리를 냈다.

이건 일종의 거대한 장난감 집이라고 해도 과언이 아니었다. 시종들과 가끔씩 눈이 마주쳤지만 생기라고는 조금도 느껴지지 않았다.

이 저택에 산 자라고는 아무도 없다. 아니, 단 한 명밖에 없다. 이 저택의 주인뿐. 스스로 열리는 문들을 따라 소녀는 안내자도 없이 계속 걸어갔다.

그러고는 마침내 복도의 끝에 도달한다. 작은 문, 그 문이 열리자 두께 50센티가 넘는 강철판이 모습을 드러낸다.

그녀가 안으로 들어가자 문이 서서히 닫힌다.

쿵.

철로 된 길이 이어졌다. 양 옆에는 크고 작은 톱니바퀴들이 숲을 이루었다. 길 아래에도 천장에도 톱니바퀴들이 움직인다. 그 가운데, 빛바랜 머리카락의 청년이 작은 인형을 고친다. 청년은 렌즈가 몇 겹이나 되는 기괴한 안경을 쓰고 있었는데, 곤충의 겹눈 같아 보이기도 했다.

"이제 안전하다."

남자의 말에 샨은 면사와 가발 모두 벗어 던졌다.

여장은 역시 싫다. 그러나 그 외엔 지금 샨의 외모를 가려 줄 마땅한 변장 방법이 없는 것도 사실이다. 율리츠는 안경을 벗고는 셔츠를 소매까지 올렸다. 셔츠에 새카만 바지, 그리고 멜빵 차림이다.

그가 샨에게 물었다.

"여기까지 찾아오다니, 역시 얼굴을 바칠 마음에 들었나? 보수는 뭐가 좋지?"

그는 말하면서도 끊임없이 태엽을 조였다.

달칵.

금속이 맞물리는 소리가 들리더니 잠시 후 인형이 몸을 일으킨다. 작은 새 모양의 기계인형. 이윽고 그것이 날개를 펼치더니 푸드덕 창밖으로 날아올랐다.

마법 공학에 대해서는 익히 들은 바가 있다. 그러나 하늘을 나는 인형을 만들 수 있다는 이야기는 처음 듣는다. 그냥 사람에 가까운 보행 인형이라면 모를까, 하늘을 나는 건 별개의 문제다.

샨이 놀란 기색을 보이자 그가 말했다.

"정찰용 인형이다. 나는 편하게 골렘이나 호문클루스라고 부르지. 태엽인형이라고도 부르고."

하늘을 날 수 있으려면 본체 자체가 가벼워야 하고 어느 정도 바람과 양력을 계산해야 한다. 거기다가 단순히 잠깐 날고 만다면 모를까, 이렇게 정찰용으로까지 사용할 수 있는 걸 만드는 건 또 다른 차원의 이야기다.

"차라리 살아 있는 새를 잡아서 정찰 마법을 거는 게 훨씬 편하지 않습니까?"

"좋은 지적이다. 하지만 그럴 만한 가치가 있는 일이지."

남자의 말은 조금 이해하기 어렵다. 그가 입술을 열었다.

"아버지의 패밀리어들을 피해 보호의 마법을 걸었더군. 거기서 끝나지 않고 아예 변장을 했어. 왜 그렇게까지 했지?"

"패밀리어는 동물들을 조종하는 마법입니다. 한두 마리 정도야 감각을 완전히 공유하는 게 가능하지만 수백, 수천 마리라면 간단한 명령밖에 할 수 없으니까요. 제 친우가 예상하기로는 분명 '짧은 검은 머리카락의 남학생을 추적해라' 정도의 명령일 거라고 하더군요."

생각보다 영민하다. 마법 학교에서 지식을 배우는 것과 응용하는 건 같으면서도 다르다. 율리츠는 수염으로 까칠

해진 턱을 문지른다.

"그래서 정반대로 여장을 했나?"

"가발은 검은색밖에 없어 어쩔 수 없었지만 여성이고 방랑 사제 차림이니까요. 거기에 은신과 보호의 룬 마법까지 걸었습니다."

"제법이군. 이건 본인의 솜씨인가?"

"아뇨. 마법을 걸어 준 건 친우입니다."

율리츠의 겹 안경이 샨을 응시한다. 흡사 먹이를 바라보는 8개의 거미 눈 같다. 샨이 시선을 돌린다. 그가 말했다.

"마기계로 움직이는 인형은 좀 더 자세한 명령이 가능하지. 자체적인 인공지능이 내장되어 있어 보다 복잡한 명령도 수행 가능하다. 거기다가 지속적으로 마력을 보내야 하는 패밀리어 마법과는 달리 내부의 마나스톤만 관리하면 되는 문제이니 수백 개를 만들든 수천 개를 만들든 관리가 편하지."

신기하다. 이런 분야는 아카데미에서 자세히 가르쳐 주지 않는다. 기본적으로 아카데미에서 가르쳐 주는 마법들은 7개의 탑을 기준으로 하는 중심 학파의 마법일 뿐, 곁가지는 교과 과정에 담지 않는다.

특히나 그가 다루는 마기계학은 하나같이 재료들이 비

싼 데다가 그 재료를 매일같이 소모하지 않으면 배우는 게 불가능할 정도로 어려운 학문이다. 학교에서 그 많은 예산을 감당할 수가 없다.

'무엇보다 가르친다고 배울 수 있는 학문이 아니지.'

단순히 마법학을 떠나 기하학, 룬문자, 연금술, 원소마법, 흑마법, 물리학, 수리학까지 무엇 하나라도 기초가 부족해서는 배울 수조차 없다.

그는 마침내 그 기괴한 안경을 벗었다. 그러고는 샨을 슬쩍 내려다본다.

"이 밤에 나를 찾아왔다는 건 특별한 이유가 있어서겠지?"

"네. 제 얼굴이 가지고 싶다고 하셨죠."

그의 눈썹이 슬쩍 꿈틀거렸다.

"그쪽이 했던 거절도 분명히 들었다만?"

"제가 죽은 후에 제 시신을 당신께 양도하도록 하죠. 언제 죽을지는 저도 모르겠지만 말입니다. 대신에 제 요구를 들어 주셨으면 합니다."

"왜 마음이 변했지? 돈도 권력도 필요 없다 하지 않았나?"

그의 말에 샨은 속눈썹을 내리깔았다. 흡사 천사의 깃털을 연상시키는 모습이다. 눈꺼풀 하나, 속눈썹 한 자락까지도 완벽하지 않은 곳이 없었다. 열 명의 인형 마에스트로들의 손길을 거친 인형조차도 이런 미를 구현하지는 못했다.

율리츠는 순수하게 궁금했다.

과연 인간의 계산을 뛰어넘는 아름다움이 존재하는 것인가. 만약 그렇다면 그것에도 역시 어떠한 산술적 이론이 숨어 있는 게 아닐까 하고. 그렇다면 미학은 과연 어디에서 오는 것인가. 뇌에서 약속이라도 하듯 어떠한 형태에 반응을 하는 것인가.

그걸 확실하게 알기 위해서는 샨의 두개골부터 뜯어 봐야 한다.

살아 있는 상태에서 하는 게 가장 좋겠지만 그런 방식은 란츠크네 가문의 맏형, 율리츠의 미학에 어긋난다.

가능하다면 시체도 만지고 싶지 않았다. 그는 산 것도 죽은 것도 모두 싫어했다.

태엽으로 움직이는 인공 생명체만이 그에게 위안이 될 뿐이었다.

그런 그의 흥미를 끈 건 오로지 샨이 아름답고 아름답고 아름다워서, 그저 아름답기만 했기 때문이었다. 저 외모를 하고도 사내라는 점이 아쉽지만, 그만큼 학술적인 가치가 있다 추측되었다. 그러나 지금의 샨은 첫 인상과는 달리 단순히 아름답기만 한 인형이 아니었다.

샨이 말했다.

"율케스를 자유롭게 해 주십시오."

"호오?"

"다른 가문의 일에 제가 주제넘게 나서지는 못한다는 건 알고 있습니다. 그러나 당신이라면 도울 수 있겠죠. 같은 형제니까요."

"형제라고 해도 율케스는 율키르와 달라. 우리 집안에서 그 녀석을 제대로 된 자식 취급하는 이는 없다는 걸 알고 있나? 그놈은 시체다. 죽은 사람이야."

그 말에 샨은 한 치의 망설임도 없이 대답했다.

"제 친구입니다. 무엇과도 바꿀 수 없는 인연이죠."

"그게 네가 네 시체를 파는 이유군. 알고 있나? 이 약속을 한 후, 내가 조금만 더 악의를 갖는다면……."

"……네, 제가 죽을 때까지 기다리는 게 아니라 죽을 수 있도록 직접 함정을 파실 수 있겠죠. 그 편이 더 효율적이니까요."

그가 얼굴을 들었다.

"그걸 전부 감당한다고?"

샨은 그의 눈을 정면으로 응시한다.

"네, 감당하겠습니다."

"고작해야 우정 놀음이다. 그 정도의 가치가 있나?"

그는 경고하고 있었다. 샨에게 마지막으로 경고하고 있었다. 샨은 인간의 악의를 이제는 조금이나마 알 것 같았다. 악마보다 사악하고, 지옥보다 절망스러운 게 무엇인지 조금이나마 맛봤다.

그러나 그렇다고 율케스를 잃을 수는 없었다. 샨은 흡사 축제 전야의 염소처럼 눈을 감았다.

"그래서 싫으십니까?"

도살을 각오한 염소처럼.

그러나 그 의지는 결코 미물에 빗댈 정도로 보잘것없는 게 아니었기에 율리츠는 기묘한 호기심이 들었다. 그도 그럴 것이 그는 란츠크네다. 란츠크네는 결코 사람을 믿지 않는다. 그들이 믿는 건 오로지 '죽은 사람' 뿐이다.

생각에 잠긴 율리츠가 입을 열었다.

"좋아. 그 각오, 받아들이도록 하지. 하지만 아무리 나라도 아버지의 고집을 막는 건 힘들다."

"율키르에게도 부탁할 생각입니다."

"어떻게? 그 얼굴은 나한테 주기로 하지 않았나?"

정확히 말하면 '사후'지만. 샨은 그 부분은 구태여 정정하지 않았다.

"다른 방법으로 구슬려야죠. 아무튼 거래 방법은 이렇게 하죠. 율케스가 학교를 졸업한 이후에도 저를 만나는 걸로. 그때마다 약간의 실험은 동참해 드릴게요. 제 시체만 필요한 건 아니잖습니까. 살아 있는 상태에서도 할 수 있는 실험이 몇 가지 있을 텐데요."

천사처럼 달콤한 외모에서 나올 만한 말이 아니었다. 율케스의 상태를 알아보는 것과 동시에 대가를 준다. 율리츠는 샨을 얕잡아 보았노라 솔직히 인정했다.

"샨의 둘째 형이 그렇게 동생에 미쳐 있다지? 내 기억으로는 병영에서 동생의 험담을 했던 이의 혀를 그 자리에서 잘랐다는 소문이 파다하던데."

에론 형은 참 이런 쪽으로 유명하다. 차라리 잘됐다 싶어 샨은 웃었다.

"그러니 심한 실험은 못 하죠. 피를 조금 뽑아가거나 얼굴 본을 뜨거나 하는 정도겠지만 그래도 큰 도움이 될 텐데요?"

"거절할 이유가 없군."

율키르는 악수를 청했다. 그러나 샨은 그의 악수를 받지 않았다. 율키르는 어색해진 손을 거두고는 입을 열었다.

"돌아갈 때 생존에 도움이 될 법한 걸 보내 주도록 하지."

"죽길 원한 거 아닌가요?"

샨의 질문에 그가 고개를 저었다.

"하는 꼴을 보니 내버려 둬도 알아서 죽을 자리 찾아갈 상이로군. 적어도 얼굴만은 다칠 일 없게 해야지."

"네네, 그러세요."

은근한 독설에 샨은 입을 비죽거렸다.

6.

집에 돌아오니 해가 뜨고 있었다. 보라색에서 연보라색으로 변하는 하늘을 등지며 샨은 그렇게 걸어갔다. 문을 여니 티스가 누워 있었다. 아직 꺼지지 않은 담뱃불이 느릿느릿 방을 채운다. 옛날에는 이 연기가 참 싫었는데 이제는 익숙하다.

넬은 티스에게서는 노인의 냄새가 난다고 했다. 그도 그럴 게 특유의 향초 태운 향이 몸 구석구석 배어 있기 때문인지도 모르겠다.

그때 티스의 품에서 새파란 새끼 용이 머리를 내밀었다.

"미야?"

드래곤은 샨을 바라보며 울더니 이윽고 제 주인의 품속에 다시 파고들었다.

집 안은 무슨 전쟁이라도 난 것처럼 난리였다. 가구는 부서져 있고, 책장은 무너져 있었다. 대체 무슨 일이 있었기에 그런 걸까? 거기다가 티스는 분명히 드래곤은 맡지 않겠다 했는데 왜? 알은 두 개였는데 다른 한 마리는 어떻게 된 걸까? 그쪽도 부화한 걸까?

궁금한 건 많았지만 눈꺼풀이 감긴다. 샨은 소파 밑에서 담요를 찾아서 주섬주섬 몸에 덮었다. 지금 샨에게는 침실을 찾아 올라가는 게 마왕을 무찌르는 것만큼 힘든 일이었다.

Chapter 3

아쿠아 어메이징
고저스 쇼

1.

두 마리 쌍둥이 드래곤은 일반적인 갓 태어난 새끼 드
래곤들보다 골격이 컸다. 거기다가 두 마리 모두 경쟁이
라도 하듯 성장 속도가 빠르다. 과거 카이가 자라던 속도
와는 비교가 되지 않을 정도였다.

카이가 앉은자리에서 양 한 마리를 다 먹었다면 두 마
리는 그 자리에서 세 마리도 쉽게 먹어 치운다. 그 많은
양이 다 어디로 들어가는지 궁금할 지경이다.

첫째는 태어나자마자 번개를 쏘았다. 율케스가 당황하
며 급히 검으로 번개를 갈랐다. 그러나 방 안은 이미 초

토화된 지 오래. 놀란 티스가 무슨 일인가 싶어 뛰쳐나오기 무섭게 둘째가 깨어났다. 둘째는 태어나자마자 티스와 눈이 마주치고 말았다. 그렇게 어이없이 각인.

별의 이름을 따서 첫째는 폴룩스, 둘째는 리젤이라 이름 붙이기로 했다.

폴룩스는 번개를 다루는 힘을 가지고 있었고, 둘째는 얼음과 물을 다루었다.

재미있게도 과거 한 몸이었을 때는 용암을 다루었는데 둘로 갈라지니 정반대의 속성을 띄게 되었다.

티스가 말했다.

"너 오기 전에 한 곳을 향해서 동시에 브레스를 쏜 적이 있는데, 그때는 마그마가 섞인 플레임 브레스가 나오더라. 덕분에 집은 개판 됐지."

새삼 카이가 착해서 다행이라고 샨은 생각했다.

적어도 카이는 가구를 향해 번개를 뿜고 얼음을 뿜고 마그마를 뿜지는 않았으니까.

두 마리 드래곤은 먹거나 뿜는 시간 빼고는 온종일 잠만 잤다. 그렇게 잠만 자더니 태어난 지 나흘 만에 첫 허물을 벗었다.

경이적인 속도였다.

한편 카이는 여전히 수면 중이다. 간간히 눈을 뜰 때가 있긴 한데 그것도 잠깐, 밥을 먹고 나면 피곤하다며 다시 잠들기를 반복한다.

'건강에는 문제가 없는 것 같은데……'

거기다가 카이에게 물어볼 것도 많았다.

이미 성룡이 된 드래곤을 어떻게 알로 되돌렸는지. 카이의 진짜 정체는 뭔지.

'금방 돌아오겠지.'

샨은 조급한 마음을 억지로 눌렀다.

그렇게 일주일.

일행은 학교로 귀환했다.

2.

카이가 완전히 정신을 차린 건 학교에 도착한 후 얼마 지나지 않아서였다. 그날은 비가 내리고 있었다. 블루 타워에서 보는 비는 꽤나 아름다운 풍경을 만들었다. 투명한 유리 창문 위로 호수가 둥근 파문을 만들어 냈다. 수중이라는 실감이 들었다. 샨은 콧노래를 흥얼거리며 의자에 몸을 기댔다.

카이는 나직하게 하품을 했다.

"안녕, 마마."

"일어났니? 밥 먹을래?"

"아니, 괜찮아. 마마."

"그러면 더 잘래? 데운 자갈을 더 가져올까?"

카이는 눈을 깜빡이더니 힘겹게 속삭였다.

"이제 졸리지 않아. 그만 잘래."

샨은 기쁨을 감추고는 카이의 머리를 쓰다듬었다. 카이가 샨의 손가락에 자신의 뺨을 비볐다. 샨이 속삭였다.

"걱정했어. 그때 대체 어떻게 한 거야? 두 마리 모두 알이 되었어. 지금은 부화도 했고."

"나도 몰라, 마마. 그냥 할 수 있을 것 같았어."

카이는 샨의 손가락을 아프지 않게 살짝 물었다. 카이에 대해서는 모르는 것투성이다. 물어보고 싶은 것도 많았지만, 그 질문에 카이가 제대로 답해 주지 않으리란 것도 알고 있었다.

그럼에도 샨은 그저 카이가 깨어나서, 그것 하나만으로 기뻤다.

수업은 계속해서 진도를 나갔고 슬슬 시험 기간이 다가오고 있었다. 요즘 샨은 검술 수업에서도 마법 장갑을 끼고 있었다. 애초부터 각자 자기 무기를 지참해 오는 게 이 수업의 핵심이다 보니 장갑을 끼는 게 당연했다. 그도 그렇게 샨이 맨몸으로 싸울 일은 없으니까.

샨의 능력을 한참 지켜보던 아론 교수님이 입을 열었다.

"그 장갑이라면 마력을 쓰는 사람과 얼추 대등하겠군."

긴 머리칼이 발아래까지 내려오는 소년은 요즘 헤어스타일에 변화를 주고 싶었는지 뒷머리를 곱게 땋아 내렸다. 겉으로 보면 뭔가 씩씩한 분위기의 미소년이지만 저 안에는 키가 2미터가 넘는 근육질 중년 남자가 들어 있다.

그 무늬만 소년인 중년은 딸기 사탕을 입으로 쪽쪽 빨았다. 그의 어깨에는 아기 새 티티가 삐약거리고 있었다. 저 아기 새도 분명 거대 괴조로 변신하곤 했었지. 샨은 속으로 생각했다.

"검을 들어 보는 게 어떤가?"

"네? 검 말씀이십니까?"

"응, 장갑 덕분에 근력으로는 밀리지 않을 거고 알테리온가라면 기본적인 검술 정도는 충분히 알고 있을 텐데?"

알고 있다. 직접 해 보기도 했다.

물론 형들의 발끝에도 못 미치는 위력이지만 샨은 늘 형들이 움직이는 검로를 좇았다. 나라면 어떤 검을 쓸까. 여기서 검의 방향은 어떻게 움직이면 될까.

더 매끄럽게, 더 강하게, 더 날카롭게.

샨은 늘 형들의 검을 보았다. 그리고 꿈을 꾸곤 했다. 꿈속의 자신은 에론 형처럼 빠르고 리오 형처럼 강하며 아르고 형처럼 유연한 검을 사용하곤 했다.

아론 교수님은 땅에 박혀 있는 목검을 발가락으로 뽑아서 샨을 향해 던졌다. 샨은 날아오는 검을 탁 낚아챘다.

"대련해 보도록 할까? 음…… 누가 좋을까. 단테스."

단테스가 뺨을 긁적였다.

"저 말씀이십니까? 저보다는 다른 학우들이 더 도움이 될 텐데요."

"네놈 봉술은 꽤 실력이 좋지 않나. 적당히 볼거리가 되겠지."

단테스는 마지못해 나무 봉을 집어 들었다. 단테스의

키보다 두 뼘 정도는 더 크다. 창술과 봉술은 서로 사용처가 다르다.

창이 마상에서 적의 목을 찌르기 위해 있다면 봉의 목적은 적을 제압하는 데에 있다.

보통 봉으로는 사람을 죽이지 못한다. 그저 제압만 할 뿐이다. 기이하게도 이 봉술이 단테스와 잘 맞는다. 아마 학우들 중에서는 율케스만큼이나 인간 백정짓을 해 왔을 녀석이.

단테스는 봉을 통통 튀긴다.

"적당히 놀다 들어가죠."

샨은 검을 들고는 목울대로 침을 꿀꺽 삼킨다.

과연 아론 교수님이다. 검술 몇 개 시범을 보이라고 할 줄 알았는데 들입다 대련부터 시킨다. 이래서야 걷기도 전에 뛰는 법부터 배워야 할 판이다.

'후우……'

샨은 숨을 깊게 쉰다. 검을 양손으로 쥐고는 단테스를 향해 겨눈다.

어느 모로 보나 안정적인 기본 자세다.

이렇게 봉을 들고 있는 단테스를 마주하니 느낌이 이상하다. 허점이 있는 듯 없는 듯 보인다. 마치 달리는 마차

앞에 마주선 느낌이다. 그 순간, 아론 교수님이 말했다.

"시작!"

단테스의 봉이 샨을 향해 날아온다. 평범한 직선 찌르기다. 그러나 어깨의 힘과 팔의 회전력을 이용해 눈 깜짝할 사이에 파고든다.

"훗!"

샨은 목검으로 막으려 한다. 그러나 늦다!

퍼억!

봉이 곧바로 명치에 일격을 날린다.

"커억!"

숨이 막힌다. 그러나 여기서 주저앉았다가는 끝난다. 정신력으로 버틴다. 그리고 두 번째 공격이 뒤이어 샨의 목을 향해 날아온다. 이게 봉이 아니라 창이었다면 목이 날아간다! 샨은 다시 반격을 시도한다.

빠아악!

검은 허망하게 공기만 가른다. 샨의 목이 꺾인다. 단테스가 닿기 전에 아슬아슬하게 힘을 빼서 치명타는 면했다. 다시 단테스의 공격!

샨은 검을 포기한다. 그리고는 단테스의 봉을 붙잡는다. 결코 막으려는 게 아니다. 이 힘의 방향만 슬쩍 트는 거다. 단테스의 몸이 봉을 따라 샨을 향해 끌려들어 온다. 그 순간 샨의 손바닥이 단테스의 가슴을 후려친다.

투웅!

동대륙식 팔괘장이 단테스의 몸에 직격한다. 단테스의 몸이 슬쩍 떠오른다.

'간격에서 멀어지면 죽는다!'

샨은 다시 단테스의 품에 파고든다. 단테스가 방어를 시도하려 하자 샨은 그대로 회전차기를 날린다.

빠아악!

단테스가 팔을 십자로 교차한다. 그러나 충격이 완전히 사라지는 건 아니다. 단테스의 몸이 훌쩍 날아가 잔디밭에 박힌다. 단테스는 낙법을 이용해 바닥을 한 바퀴 구르더니 그대로 착지한다.

"그만!"

더 볼 게 없다고 판단했는지 아론 교수님이 둘 사이에 끼어들었다. 그러고는 샨을 향해 식겁한 얼굴로 말했다.

"살다 살다 이렇게 칼에 재능 없는 놈은 또 처음 보네."

"네에?"

"너 알테리온 가문 맞냐? 주먹은 그렇게 잘 쓰더니 왜 칼을 못 써?"

쿠웅!

교수님의 말이 1톤의 무게가 되어 내리누른다. 샨이 바닥에 머리를 박았다. 티스가 그런 샨을 일으켜 세웠다.

"주먹 잘 쓰면 됐지, 뭐."

샨이 말했다.

"아, 아닙니다. 처음 칼을 들어 봐서 그래요. 제대로 하면 더 잘할 겁니다!"

그 말에 아론 교수님이 너털웃음을 지었다.

"칼이 불편해서 주먹부터 날리는 놈이 무슨 놈의 연습이야? 아서라. 네 재능으로는 턱도 없다."

그럴 리가 없었다.

샨은 검의 명가 알테리온 가문 사람이다. 거기다 가문 사람들 중에서 누구보다 검에 대해 빠삭하게 안다고 자부한다. 물론 마력을 쓰지 못하니 결국 반쪽짜리 이론일 뿐이지만 누구보다 검에 대한 열망이 강하다고 자부해 왔다.

그런데! 내가! 재능이! 없다니!

아니다. 분명 저 교수가 잘못 알고 있는 게 틀림없다. 이제 갓 걸음마를 뗐으니까 어쩔 수 없는 거다. 연습하면 분명히 다른 사람만큼, 아니 다른 사람 이상으로 잘할 수 있을 거다.

샨은 현실을 부정하며 주먹을 쥐고는 부르르 떨었다.

그러거나 말거나 교수님은 무신경하게 오늘 수업이 끝났음을 선언했다.

3.

그날 이후로 샨은 공부하고 밥 먹고 자는 시간 외에는 연무장에서 검을 휘두르기 시작했다.

백 번을 휘둘러도 모자라다면 천 번을 휘두르면 되리라. 천 번이 아니면 만 번을 휘두르면 되리라.

형들은 전부 그리 배우지 않았던가.

될 때까지 하다 보면 되는 게 당연하다.

어릴 적부터 훌륭한 검사를 열망해 왔다. 칼로 나무를 자르고 바위를 자르고 폭포를 가르는 형들을 보며 자신도 그리되리라 생각했다. 이제 와서 검의 재능이 없을 리가 없다.

손에 피가 맺혀 굳은살이 박이도록 샨은 목검을 휘두르

고 또 휘둘렀다. 그런 샨을 지켜보던 티스가 말했다.

"저거 네 눈에는 어때? 재능이 있어 보이냐?"

율케스는 긍정도 부정도 하지 않았다.

"차라리 재능이 없는 편이 우리는 편할 거다."

"그렇긴 하지. 지금도 오지랖이 그렇게 넓은데 칼까지
써 봐. 사방에 있는 인간들 다 끌어안고 정의의 용사 놀
이할걸."

"그게 가능한 건 샨네 아버지랑 큰형뿐일 거다."

"그분들이야 기공파로 산 부수고 칼질로 바다 가르는
분들이고."

두 친우의 말이 아주 잘 들린다. 대놓고 들리라는 듯
말하고 있다. 샨은 짜증이 났지만 꾹 참았다. 아니라고
하는 것도 사람이 힘이 있어야 아니라고 하는 거다.

기다려라, 단테스. 다음번엔 반드시 이겨 주마! 샨은
부단히 노력했다.

그렇게 하루, 이틀, 삼일.

샨의 특훈 소식은 알음알음 다른 기숙사에도 전해지기
시작했다. 그도 그렇게 워낙 학교에서 유명한 삼인방이
다. 특히나 예전에는 티스가 삼인방 중 인기가 가장 좋았

다면, 요즘에는 어째서인지 샨이 가장 높은 인기를 차지하곤 했다. 그 이유는 바로 얼굴, 그저 얼굴 하나뿐이다.

티스도 결코 꿀리는 얼굴은 아니었지만 요즘 들어 샨의 미모는 만개한 꽃, 그 자체라 해도 과언이 아니다. 강의 내내 교수님의 얼굴은 안 보고 샨의 얼굴만 열심히 훔쳐보는 이들마저 생기고 있다. 물론 속은 영락없는 30대 아저씨인 샨은 그런 시선이 있다는 것조차 눈치챌 수 없는 일이었겠지만.

어찌 되었건 학교 최고의 미소년이 목검을 휘두르며 연무장을 뒹구는 모습이 소문이 안 날 리가 없었다.

아니나 다를까 가장 먼저 찾아오는 사람은 크롬이다.

"하하하, 모래밭에서 개처럼 뒹구는 모습이 볼만하구나. 샨 알테리온!"

보통 인간이라면 멱살을 붙잡으러 달려들었을 터. 그러나 샨은 이미 크롬어를 마스터한 상태다.

"오, 나 좀 가르쳐 주려고?"

"무슨 소리냐, 내 신상 셔츠가 더럽혀질 게 뻔한데 저 모래 구덩이에서 같이 뒹굴자고? 웃기는 소리 하지 마라, 샨 알테리온. 같은 귀족이라는 게 수치스럽구나."

거듭 말하지만 샨은 크롬어를 마스터했다.

"그러면 연습복 챙겨 왔겠네? 그렇지 않아도 심심하던 차였어. 같이 하자."

"……."

그렇게 크롬은 네반에게 연습복을 받아 갈아입고는 샨과 함께 목검을 들고 땀을 흘렸다.

이튿날에는 넬이 도시락을 들고 왔다.

"소화 잘 되는 걸로 챙겼어."

"직접 만든 거야?"

"주방을 좀 빌렸어. 나름 스태미나 음식으로 메뉴를 짜 봤는데 괜찮나 모르겠네."

샨은 냉큼 도시락을 받아 호쾌하게 먹어 치웠다. 이 모습을 본 이후로 나날이 여성들의 도시락이 쌓여 갔다. 그걸 전부 먹어 치운 건 티스였다.

그리고 그 이튿날, 단테스가 찾아왔다.

"아직도 고생하십니까?"

"응."

"정 그러시면 져 드릴까요?"

"그렇게 말해도 안 져 줄 거잖아, 단테스는."

그 말에 단테스는 한 방 맞은 표정을 지었다. 그러고는 배를 잡고 한참을 웃었다. 그러거나 말거나 샨은 계속해서 목검을 휘둘렀다. 단테스가 물었다.

"대체 왜 제가 안 져 줄 거라고 생각하십니까? 고작해야 연습 시합이잖습니까. 성적에도 반영이 안 된다고요? 설마하니 율케스 군처럼 상대가 전력을 다하니 이쪽도 전력을 다해야 한다는 파는 아니라는 거 아실 텐데요."

그 말에 샨이 무심히 검을 휘두른다. 같은 방향으로, 정확히 같은 타이밍으로. 검은 리듬이다. 춤과도 비슷하다. 심장을 신호로 근육을 활대로, 검을 화살 삼아 튕겨낸다.

파앙!

목검이 공기를 가르며 제법 좋은 소리를 냈다.

"아니, 단테스는 전력을 다해 싸우지 않을 거야. 오히려 여유롭게 싸우려 할 거야. 왜냐하면 그렇게 해서 내가 져야 재능이 없다는 게 증명되잖아."

"호오?"

"단테스는 내가 재능이 없길 바랄 거야. 티스와 마찬가지로."

그 말에 단테스는 한 방 먹었다는 표정을 지었다.

"그거야 그렇죠. 샨 군이 검을 들면 사지로 걸어가는 셈이니까요."

"맞아. 나도 알아. 하지만 그렇다 해도 나는 증명할 거야."

단테스는 머리를 긁적였다.

"하여간 고집 하나는 알아줘야 한다니까요. 포기하지 않으실 거죠?"

"응."

"귀찮게 됐군요."

단테스는 그렇게 말하고는 떠나갔다.

그렇게 다음 검술 수업 시간이 되었다. 샨은 다시 단테스에게 도전했다.

단테스는 이번에는 봉을 쓰는 대신 쌍검을 들고 왔다. 꽤나 다양한 무기에 조예가 깊구나. 샨은 속으로 생각했다. 아론 교수님이 심드렁하게 말했다.

"재도전을 하겠다니 시켜야 주겠는데, 꼭 해야겠냐?"

"네."

"하암, 그래. 잘해 봐라. 그런데 대신 이번이 마지막이다. 이번에도 지면 수업시간을 쓰지 마라. 나가서 너희들 마음대로 해."

교수님이 신호를 내리기가 무섭게 샨은 단테스를 향해 달려들었다. 단테스가 피식 웃었다.

"공격이 너무 정직하잖습니까."

샨의 일격을 너무 쉽게 막아 낸 단테스는 다른 손으로 샨의 머리를 후려친다.

빈틈!

샨은 그 순간, 저도 모르게 검을 놓고는 손으로 날을 쳐 낸다.

타앙!

샨은 미간을 찌푸린다.

위급할 때 맨손부터 나가는 버릇이 없어지질 않는다. 결론적으로 샨 자신은 검을 신뢰하고 있지 않다는 뜻. 그리고 단테스의 다음 일격이 명치를 후려친다.

뻐어어억!

샨은 그대로 다섯 바퀴는 굴러갔다. 그러고는 꼴사납게 모래밭 위에서 구토를 했다.

먹은 게 없어서 투명한 위액만이 흘러나왔다.

아론 교수는 더는 볼 게 없다는 듯 손을 내렸다.

"거기까지. 샨 패배, 단테스 승리!"

졌다. 단테스가 샨에게 악수를 청했다. 샨은 작게 한숨을 쉬며 단테스의 손을 맞잡았다.

4.

재능이란 뭘까. 샨은 생각했다. 확실한 건 샨은 형들만큼은 천재가 아니라는 것. 그리고 검을 믿는 마음이 부족하다는 것 정도겠다. 그렇다고 검을 익히는 걸 포기할 생각은 없지만 무턱대고 적 앞에 칼을 들이밀 생각도 없다.

"달리는 것 하나만은 천재적인데 말이야. 보법 같은 거."

티스가 사과를 으적이며 위로했다. 티스의 어깨 위에서는 아기 드래곤 리젤이 연신 하품을 내뱉었다. 카이처럼 말을 할 수 있는 능력은 없지만 그래도 지능은 있는지 사람의 명령을 알아들을 수 있다.

벌써 세 번째 탈피다. 라온 교수님은 말도 안 되는 속도라고, 유례가 없는 일이라고 말했다. 티스의 리젤은 탈피할 때마다 몸이 조금씩 길어졌는데 용이라기보다는 몸이 긴 도마뱀에 가까웠다. 비늘은 사파이어를 박은 것처럼 푸른빛을 뿜었는데 티스의 손목에 팔찌처럼 몸을 감는 걸 좋아했다.

실제로 그렇게 잠이 들면 꼼짝도 안 해서 진짜 장신구처럼 보일 지경이다.

카이가 리젤에게 인사를 하자 리젤이 뱀처럼 혀를 날름거린다. 리젤은 카이를 친형제처럼 따르곤 했다.

"티스도 나랑 같은 테이머 강습 배워?"

"이번 학기는 수강 신청 안 했으니까 다음 학기부터 배울 거래. 율케스도 그렇고."

율케스의 폴룩스는 티스의 리젤과 똑같은 모습에 은색 비늘을 하고 있다. 이 녀석은 손목에 감기는 것보다 그의 검 손잡이에 몸을 돌돌 감는 걸 좋아했다.

샨은 작게 한숨을 쉬었다.

"검은 역시 무리인가."

"그것보다는 체술에 더 재능이 있다고 생각하자고."

좋게좋게 생각하라는 티스의 말에 샨은 아쉬운지 어금니를 깨물었다.

시간은 어느덧 기말고사 기간이다. 축제와 기말고사가 겹치는 바람에 학생회가 조율에 나섰다. 결국 타협을 본 게 선축제, 후기말고사라는 악랄한 스케줄이다.

"축제 중에 공부하는 놈들도 있겠지?"

샨이 침울하게 중얼거렸다.

"어차피 시험 기간에도 안 하는 놈은 안 할 거야."

이제는 기초가 없으면 진도를 따라갈 수 없는 경지에 이르렀다. 티스는 올해도 일찌감치 보충수업을 예감하고 있다. 샨은 보충수업을 떠나서 유급하는 게 아닌가 하고 운명을 점친다.

그러거나 말거나 블루 타워 학생회에서는 사람들을 소집했다.

학생회장 대신 이번에는 지젤이 대표로 나서서 연단에 올라갔다.

"지난번 축제로 얻은 기금은 블루 타워 학생회 예산에 큰 도움이 되었습니다. 그 기금 덕분에 이번에 매 주말마다 푸딩 파티를 열 수 있었고 도서관도 새로 크게 개축했죠. 순수입으로 치면 레드 타워나 그린 타워보다 훨씬 많은 기금을 모았습니다."

물 나이트의 아성은 그 어떤 기숙사도 따라올 수 없었다. 그때 한 학생이 손을 들었다.

"그런 의미에서 제2회 물 나이트를⋯⋯."

우드득!

그 순간 샨이 쥐고 있던 나무 의자가 가루가 되어 튕겨 나갔다. 샨이 방긋 웃었다.

"죄송합니다. 힘 조절을 잘못했네요."

지젤은 한참 헛기침을 내뱉더니 어색하게 웃었다.

"두 번은 힘들 것 같습니다. 아무래도 상부에서 제재가 오기도 했고요."

샨을 보면 자꾸만 얼굴이 붉어진다. 최근에는 더 그랬다. 자신의 마음을 알고는 있지만, 진즉에 눈치를 챘지만 결코 그 마음을 밝힐 수는 없었다. 그도 그렇게 그동안 수많은 여학우들이 샨에게 그린라이트를 보냈다가 샨 특유의 둔감함 + 티스의 인터셉트로 인해 처참하게 박살이 나는 모습을 쭉 지켜봐 왔다.

거기다가 항상 남자는 싫다고 말하던 자신이었다. 이제 와서 자존심을 꺾을 수는 없었다.

'그래도……'

그래도 좋았다. 그냥 지켜보는 것만으로도 좋았다. 애초에 다가갈 생각 같은 건 전혀 하고 있지 않지만 그래도 좋았다.

지젤이 말했다.

"의견을 받겠습니다. 괜찮은 아이디어 없나요?"

"집사 카페 추천합니다."

"유령의 집 추천합니다."

흔하다. 너무 흔하다. 하긴 물 나이트 때가 이상하긴 했다. 이놈의 학교는 축제를 몇십 번, 몇백 번을 해도 레퍼토리는 뻔하지 않던가.

지난번 물 나이트로 인해 올해는 더 많은 사람들이 찾아올 거란 이야기가 있다. 지젤은 결코 그 고객들을 실망시키고 싶지 않았다. 그 전에 이번에는 더 많은 이득을 얻어 실적을 자랑하고 싶었다. 내년 학생회장은 자신이 되어야 할 테니까!

'그래서 이성 교제 금지 강령을 발표해서 산에게 집적거리는 년들을 처단하겠어.'

그야말로 폭군의 싹을 벌써부터 파릇파릇하게 키우고 있는 지젤이었다. 그러거나 말거나 지금 당장은 권력을 쟁취해야 한다. 실적이! 필요하다!

타앙!

"더 없으십니까? 뭔가 창의적인 안이요!"

그때 단테스가 손을 들었다.

"의견 있습니다."

단테스의 안경이 요사스러운 빛을 뿜는다. 저 손을 붙

잡았다가는 지옥에 굴러떨어질 것 같은 느낌이다. 지젤의 목 뒤로 식은땀이 흐른다.

분명 저 의견을 들으면 자신은 채택하고 말 것이다. 이번에도 합법과 불법 사이에 있는 무언가겠지. 그리고 잘못하면 지젤 혼자 덤터기 쓰고 자기는 미꾸라지처럼 물러나겠지.

그럼에도 지젤은 당장 눈앞의 명성을 좇아 그를 선택하고 만다.

"단테스 군. 말씀해 주세요."

그때 샨이 손을 들었다.

"잠시만요. 과거 단테스 군의 의견대로 물 나이트를 채택했지만 그 결과 위에서 경고를……."

지젤은 샨의 얼굴을 한 번 바라본다.

'미안해, 샨. 내 연애사를 위해 이번만은 희생해 줘. 나는 내년에 반드시 기숙사 회장이 되어야겠어.'

"단테스 군! 말씀해 주세요!"

단테스가 기다렸다는 듯이 말했다.

"디너쇼입니다."

그 말에 기다렸다는 듯 반론이 나왔다.

"하, 디너쇼? 그런 건 노친네 귀족들이나 하는 거 아니야?"

마치 기다렸다는 듯 바람이 불어온다. 한줄기 바람에 단테스의 머리카락이 바람에 나부낀다. 마치 동화 속에 나오는 음유시인과도 같은 자세다. 단테스는 한 손은 자신의 심장에 다른 한 손은 저 먼 어딘가를 향해 뻗었다.

"제가 말씀드리고 싶은 건 그런 디너쇼가 아닙니다. 춤과 노래와 연극이 있는 디너쇼지요. 상상해 보십시오. 축제 카페는 많았습니다. 네, 축제용 공연도 많았지요. 그러나 누구도 연극을 보면서 식사를 할 거라고는 생각하지 않았습니다."

"그게 무슨……."

단테스는 반론을 묵살한다.

"물론 지난번 물 나이트 때는 진행상 미숙함이 있었다는 점 사과합니다. 이번에는 좌석 하나하나에 티켓을 팔아 경비를 충당하겠습니다. 애초부터 티켓을 구입하지 않으면 들어올 수도 없으니 관리는 훨씬 쉬울 겁니다. 비싼 값에 티켓을 사서 들어온 호갱님들은 고작 주먹만 한 애플파이에 금화를 덕지덕지 붙여도 아무 생각 없이 지를 것이며 물 한 잔에 금화 하나씩 받아도 아무 생각 없을 겁니다. 왜냐면 우리의 춤과 노래가 그들의 이중 과금을 잊게 해 줄 것이니까요."

뭔가 갈수록 점점 말이 이상해져 가고 있다는 것을 모두 느끼고 있었다. 그러나 아무도 그것을 입 밖으로 내뱉지는 않았다.

단테스는 계속해서 말했다.

"생각해 보십시오. 그들은 몇 장 되지도 않는 표를 얻기 위해 10배가 넘는 돈을 주고 암표를 사 재낄 것이며 자리에 앉아서는 말도 안 되는 가격에 음식과 음료를 살 것입니다. 거기다가 마지막에는 공연 배우와의 오붓한 악수 시간! 물론 그것 역시 돈을 받겠지요."

제정신이 아니다. 이것은 미친 짓이다. 샨은 말리려면 지금 말려야 한다는 것을 깨달았다. 샨이 소리 질렀다.

"잠시만요! 아까부터 뭔가 말이 점점 이상해지고 있는데요!"

그러나 늦었다. 세 치 혀로 민중들을 현혹시킨 단테스는 지젤을 향해 외치고 있었다.

"우리는 그 돈으로 밤낮없이 놀고먹는 겁니다! 이성 교제! 술! 외박! 극단에 올라갔다는 것만으로도 배우들은 인기가 있을 것이며 술은 언제나와 같은 루트로 은밀히 유통될 것입니다. 외박은 표를 판다는 명목하에 나가서

하시면 됩니다! 우리가 표를 팔아 우리가 표를 사고 다시 그걸 10배의 프리미엄을 붙여 암표로 도로 팔면 됩니다!"

와아아아아!

우레와 같은 박수가 밀려왔다. 광증이다. 이것은 하나의 파시즘이었다. 우리 블루 타워만 잘 먹고 잘살겠다는 모략이었다. 그 광기의 소용돌이 속에서 샨의 목소리는 너무나도 보잘것없는 작은 저항에 불과했다. 지젤이 말했다.

"찬성하시는 분들은 손을!"

모두 일제히 넋이 나가 손을 들었다. 심지어 티스마저도 그 말에 홀려 손을 들고 있지 않은가!

'마, 망했다!'

지젤이 나무망치를 휘둘렀다.

"그러면 이번 축제는 디너쇼로 확정합니다. 아참! 주류나 암표 이야기는 없던 것으로 하겠습니다. 우리는 어디까지나 성.실.히 교칙을 준수할 테니까요."

안 하느니만도 못한 소리를 하고 있다.

탕탕탕!

그러거나 말거나 이 디너쇼의 이름을 단테스는 이렇게

붙였다.

"지난번에는 물 나이트였으니 이번에는 음, 물 카바레 어떠신가요?"

"카, 카바레?"

처음 듣는 용어지만 어딘가 저렴함이 느껴진다. 지젤이 고민하고 있는데 단테스가 스스로 수정했다.

"아, 아쿠아 어메이징 쇼로 하도록 하죠."

역시나 특유의 저렴함이 가려지질 않는다. 그러나 아까 보다는 낫다.

지젤은 이 쇼를 '아쿠아 어메이징 고저스 쇼'라고 명 명했다. 그러나 훗날 사람들은 이걸 그냥 물 쇼라고 부르 기에 이른다.

5.

하루에 3타임, 조를 갈라서 서로 다른 조들이 돌아가며 연극이나 노래를 부르기로 했다. 당연한 말이지만 모든 조원들이 샨을 데려가기 위해 안간힘을 썼다.

지금의 샨은 약속된 승리의 대박 열쇠 같은 존재였다.

지난번에 이미 그 누구도 넘볼 수 없는 아성을 쌓아올림으로써 그걸 증명하지 않았던가. 샨이 여장을 했던 그 순간, 입장객들이 서로를 쥐어뜯어 가며 입구로 전진하는 것을 보지 않았던가.

샨은 손을 들고 단호하게 못을 박았다.

"저는 이번 축제에 참가하지 않겠습니다. 아니, 다음 축제도 다다음 축제에도 가급적 참여하지 않으려 합니다."

샨의 말에 다들 아쉬운 기색을 내비친다. 티스마저도 샨의 소매를 잡아당겼다.

"여장 안 시킬게. 응? 가장 쉬운 것만 시킨다. 내가."

"안 해."

그 날 에론 형을 만나 무슨 고초를 겪었는지 생각하면 지금도 진저리 쳐질 정도로 끔찍하다. 여장이든 남장이든 샨은 절대로 할 생각이 없었다.

누구든 권유해 와라. 죄다 튕겨 주마! 예전의 그 무르던 양 새끼는 이제 없다.

샨은 눈을 부릅뜨며 모두의 권유를 다 차 버릴 기세로 주변을 둘러본다.

"아, 아쉽다."

여학우들이 그런 샨을 바라보며 손톱을 뜯는다. 그러나 샨의 고집이 쇠심줄인 건 모두 알고 있는 사실이다. 특히 나 이런 문제는 더욱 철저하다. 문득 학우들 뒤쪽에서 악마의 목소리가 울린다.

"아, 잠시만요. 지나가겠습니다. 하하하."

그 웃음소리는 점차 샨을 향해 다가온다. 다가오면 다가올수록 샨의 등 뒤로 소름이 돋아난다. 결코 이 웃음소리의 주인공과 마주쳐서는 안 된다는 직감이 밀려온다.

'도망쳐야 한다!'

흡사 고양이의 기척을 느낀 생쥐와도 같았다. 샨은 도망치기 위해 잽싸게 몸을 일으킨다. 책상을 열고 몸을 활시위처럼 튕기려는 순간 단테스의 손이 샨의 뒷덜미를 붙잡았다.

"하하하하하! 샨 군! 와하하하하! 인사도 안 했는데 어딜 가려고 하십니까아아?"

샨의 목 뒤로 땀이 폭포가 되어 줄줄 흘러나온다. 죽는다. 물리면 죽는다!

"자, 잠깐 용무가 생각나서 나가 보려고."

"하하하! 나가다니요. 나가 봤자 물밖에 없지 않습니까, 우리 기숙사."

빌어먹을 블루 타워. 다른 타워였다면 창문을 열어젖히고는 냅다 도망쳤을 거다. 그러나 여기는 호수 밑바닥 아니던가. 정해진 통로가 아니면 나가지도 못한다.

"잠시 시간 좀 내주시겠습니까, 샨 군?"

"진짜로, 진짜로 바쁘거든. 나 진짜로…… 진짜 바빠."

"저런. 그렇군요. 그러면 빨리 끝내겠습니다, 샨 군. 이거에 관해서요."

단테스의 손에 있는 건 새빨간 구두. 그것도 여성용 구두다. 샨은 보자마자 놀라서 구두를 낚아챘다.

"이걸 왜 단테스가!"

"그러면 저와 이야기할 마음이 들었습니까?"

이 구두, 알고 있다마다. 이건 분명 신입생 환영회 때 여장한 채 술 먹고 놀았을 때 신었던 구두다. 한 짝은 크롬이 가지고 있고 다른 한 짝은 지젤에게 돌려줬던 걸로 기억하는데.

'아니, 지젤에게 내가 제대로 돌려주긴 했던가?'

그때 워낙 제정신이 아니었다. 어느 쪽이 되었든 확실한 사실이 하나 있다. 단테스에게 약점을 잡혔다는 것.

샨은 단테스를 아무도 없는 조용한 곳까지 끌고 갔다. 주변에 사람이 없는 것을 확실하게 살펴본 후, 단테스에게 물었다.

"이걸 왜 가지고 있는 거야?"

"글쎄요. 그런 건 별로 중요하지 않은 것 같군요. 더 중요한 사실이 하나 있잖습니까, 샨 군."

"뭐, 뭔데?"

"샨 군이 제게 빚이 있다는 거죠. 그리고 그 빚을 갚을 때가 되었다는 거?"

"무슨 빚인데?"

샨의 질문에 단테스가 싱글싱글 웃는다.

동대륙에 있다는 꼬리 아홉 개 달린 여우 요괴가 웃어도 이보다 더 무섭진 않을 것 같았다. 단테스는 일부러 샨의 얼굴이 최대한 딱딱하게 굳을 때까지 기다린다. 역시나 집에서 곱게 키운 늦둥이 막내. 조종하기가 참 쉽다.

마침내 샨이 참다못해 단테스를 다그치자 단테스는 그제야 마지못해 말한다는 듯 한숨을 쉬었다.

"그때 술을 너무 마셔 기억이 끊기신 모양이군요. 실망입니다. 그때 불량배를 만난 것도, 제가 지켜 드린 것도 전부 기억 못 하시는 모양이군요. 정체가 밝혀질 뻔했는데 제가 몸을 던져 막았잖습니까."

당연하게도 그런 적은 한 번도 없다.

99.999% 새빨간 거짓말.

단테스가 한 건 그때 샨과 놀아 주고 홍차나 마신 게 전부였다. 그러나 어차피 기억도 휘발된 상황이니 뭐 어떠랴. 진실을 말해 줄 이는 단 한 명도 없는 것을.

샨은 자신도 기억 안 나는 일을 단테스가 말하자 식은 땀을 흘린다.

이제 와서 아니라고 꼬치꼬치 취조한들 증거가 하나도 없다.

"그…… 그랬구나. 고마워, 단테스. 하지만 그렇다고 연극까지 하고 싶지는 않아. 빚은 다른 방법으로 갚을게. 이번 축제는 진짜로 안 끼고 싶어. 미안해."

"그렇군요. 그러면 알겠습니다. 이 구두는 축제 비용을 충당하기 위해, 애타게 찾고 계시는 크롬 군께 전달을……!"

"아, 안 돼!"

샨은 단테스의 손목을 붙잡았다. 넘어갔다. 단테스는 샨의 예쁘장한 얼굴이 당황으로 금이 가는 게 즐거웠다.

"치마 같은 건 안 입히겠습니다. 전과 같은 일은 전혀 없을 겁니다. 샨 군의 형이 봐도 괜찮을 배역으로 드리죠. 어떠십니까?"

샨의 동공이 흔들리는 것을 단테스는 한참이나 바라본
다.

"싫으시면 뭐, 저는⋯⋯."

"가, 가지 마!"

"그러면 어쩌고 싶으신데요. 샨 알테리온 군?"

샨은 어금니를 딱딱 부딪친다. 단테스는 씨익 웃었다.
정보는 힘이며 저항은 부질없는 짓이다. 이미 단테스에게
약점을 잡힌 이상 샨 알테리온은 무대에 끌려가고 말리
라.

샨의 미간이 한없이 구겨진다.

단테스가 그를 재촉한다.

"대답은?"

"⋯⋯."

샨은 단테스에게 악수를 청했다.

6.

그날 이후로 샨은 하루 종일 악보를 들고 다녔다. 샨이

맡은 것은 여자도 아니고, 그렇다고 남자도 아니었다. 천사였다.

단테스가 건네준 각본은 의외로 제국 건국신화를 담은 극본이었다. 분명히 미남 미녀가 노니는 희곡류일 거라고 생각했는데 제국 건국신화라니. 의외였다.

'건국신화는 따분하다고 여기는 사람들이 많을 텐데.'

이 제국에 태어난 이라면 누구든지 알고 있는 이야기였다.

아주아주 오래전에 한 청년이 있었다. 그 청년은 어릴 때 산에 버려졌는데 그 아이를 용신이 주워 키웠다고 한다. 그 청년이 신의 계시를 받고 괴물들을 물리치며 나라를 세웠다는 이야기다.

이 세계는 과거에 몬스터가 지금보다 엄청 많았다고 한다.

인간의 마을만큼이나 몬스터들의 마을도 많아서 인간과 몬스터들은 끊임없이 투쟁했고, 그가 오크 왕의 칼을 맞고 절벽에 떨어졌는데 신의 사도가 내려와 날개를 펼쳐 그를 치유해 주었다는 이야기다.

건국신화 중에서도 그나마 드라마틱한 부분이라서 많이 알려져 있는 내용이다.

여기서 샨은 그 신의 사도 역할을 맡았는데 연기력이 필요한 것도 아니고 그렇다고 오래 있을 필요도 없었다. 노래 한 곡만 부르고 사라지면 된다. 그게 끝.

'그런데 그 노래가 엄청 어렵다는 거지.'

가뜩이나 노래 안의 음표가 널을 뛰는 데다가 옥타브는 몇 옥타브까지 올라가야 하는지 모른다. 쉼표도 없고 대체 어느 음절에서 숨을 쉬어야 하는지조차 알 수가 없다.

'하아, 할 수 있을까.'

샨은 작게 한숨을 내쉰다. 만약 단테스가 샨의 얼굴을 가지고 역을 줬다면 크롬에게 걸릴 각오를 하고 거절했으리라.

'샨은 우리 중에 유일하게 변성기가 오지 않으셨잖습니까. 맡아 줄 사람이 당신밖에 없네요.'

이렇게 말하니 거절하기도 좀 애매하다. 물론 곱상한 얼굴과 상관없이 순수하게 목소리만으로 뽑았다니까 마음이 동하기도 했다.

샨은 학교 뒤쪽 공터로 갔다. 아무도 없다는 것을 확인하고는 천천히 노래를 불렀다.

투명한 음색이 숲에 메아리친다. 카이가 샨의 어깨에 얼굴을 묻는다.

"마마, 기분 좋아."

어릴 적, 아픈 어린아이가 할 수 있는 놀이가 많지 않았다. 친구가 없는 아이는 더더욱 그랬다. 고열이 가라앉고 땀투성이가 되고 나면 늘 혼자 노래를 흥얼거리곤 했다.

책을 읽을 힘도 없고, 창밖을 봐도 어지러워 구토가 치밀어 오르곤 했다. 그때는 할 수 있는 게 노래밖에 없었다.

그러다보니 가끔 영지에 음유시인이나 유랑극단들이 지나가면 늘 형이나 아버지가 초대해 주었다. 침대에 누워서 그들이 하는 공연을 보거나, 아니면 새로운 노래를 배우는 게 낙이었다.

가끔씩 어려운 노래들도 배우곤 했는데, 어지간한 전문 교수님들보다 잘 가르쳐 주곤 했다.

그러다 보니 노래를 부르는 것만큼은 또래 아이들보다 잘 부른다고 자부할 수 있었다.

물론 몸이 나아진 이후로는 거의 부르지 않았지만.

버벅대는 부분은 고치고 또 고치다 보니 조금씩 나아졌다. 어려운 구절이 하나 있는데 몇 옥타브 위까지 올려야 한다.

여성들도 힘들어 할 법한 높이다. 그 소절이 끝나면 바로 저 아래까지 목소리가 내려간다.

"이거 어렵네."

문득 덤불 사이로 바스락거리는 소리가 들렸다. 뭔가 싶어 돌아보니 에녹 교수님이 담배를 꼬나 쥐고 있었다.

"누군가 했더니 너였군."

교수님이 들었다고 생각하니 저도 모르게 얼굴이 시뻘게졌다.

"시, 실례했습니다."

그대로 도망가려는 샨을 에녹 교수님이 붙잡는다.

"방해할 생각은 없었다. 마저 부르도록."

아무리 그래도 이렇게 빤히 바라보는 사람이 있는데 어떻게 노래 연습을 한단 말인가. 그렇지 않아도 기숙사에 사람이 많아서 밖으로 뛰쳐나온 판에.

슬금슬금 눈치를 보려는 샨을 교수님이 제재했다.

"그거 축제에서 부를 거 아닌가. 어차피 많은 학생들 앞에서 불러야 할 텐데?"

"그…… 저…… 아직 연습 중이라 많이 틀릴 텐데요?"

"내 앞에서 틀릴 정도면 어차피 축제에서도 틀릴 거다."

맞는 말이지만 가슴이 뜨끔하다. 교수님의 눈이 심장에 못을 박는다. 어쩔 수 없다. 샨은 심호흡을 깊게 하고는 천천히 노래를 저어 갔다.

에녹 교수님은 담배를 손가락에 낀 채로 눈을 감는다. 마치 어느 성당의 조각상 같다. 인간의 선과 악, 신과 악마에 대한 고뇌를 상징한다고 교과서에 나올 법한 모습이었다.

가장 어려운 마지막 소절에 들어가는 순간 에녹 교수님의 눈썹이 살짝 떨린다. 교수님의 눈치만 보다 샨의 목소리가 갈라진다.

이윽고 교수님이 눈을 떴다.

"찬트에 재능이 있군."

"찬트라면 신을 찬양하는 노래 말이죠?"

"그래. 잘만 사용하면 노래의 힘으로 아군을 회복시키거나 축복을 걸어 줄 수 있지."

생각해 보니 과거 교수님이 율케스의 팔을 고쳐 줄 때 작게 노래를 읊조리곤 했다. 주문과도 같이 작은 목소리라 대수롭지 않게 넘어갔는데 노래 그 자체에 치유의 힘이 담겨 있었던 모양이다.

"이상하군. 인간에게 이런 재능은 흔치 않은데, 거기다

전에는 그런 재능은 없지 않았나? 조금 노래를 잘 부르던 학생이었을 뿐이지."

샨이 뺨을 긁적인다.

"인간은 왜 어렵나요?"

"몸에 불순물이 많기 때문이지. 신에게 바칠 노래는 순수해야 한다. 조금이라도 쇳소리가 담겨 있으면 안 돼. 보통 엘프가 많고 인간들 중에서는 아주 소수만, 그것도 어릴 때부터 고기와 불에 구운 음식은 단 한 번도 먹이지 않아야 가능하다."

에녹 교수님은 샨을 향해 다가왔다. 그러고는 샨의 턱을 붙잡고 이리저리 움직인다. 교수님의 시선이 진지해서 말리지도 못하겠고 그냥 움직이면 움직이는 대로 놔둔다.

"입 벌려라."

샨이 입을 벌리자 교수님이 샨의 입 안에 손가락을 넣는다. 희고 마디가 단단한 손가락이 입 안으로 들어오자 구토감이 치밀었다. 무심코 뒤로 물러나려 하자 교수님이 다른 한 손으로 샨의 뒷목을 붙잡는다. 손가락이 입 점막을 긁으며 찌걱거린다.

치아 안쪽을 샅샅이 훑은 후에는 이제 목구멍을 향해 들어간다. 목 안쪽 목젖까지 손가락이 침입하자 샨이 헛구역질을 한다.

"가만히 있어."

"해체 애 이러히는지.(대체 왜 이러시는지.)"

"목소리 내지 마."

손가락이 이제 샨의 목 뒤까지 넘어간다. 이제는 이물
감에 괴롭다. 컥컥 조건반사적으로 기침이 나온다. 그때
목 안쪽에서 뜨거운 게 치밀어 오른다. 숨을 쉴 수가 없
다. 목이 타는 것만 같았다. 죽을 것 같아 샨이 교수님의
팔을 떨어뜨리려 한다. 그러나 에녹 교수님은 샨의 손에
꿈쩍도 하지 않는다. 마법 장갑으로 밀고 있는데도 교수
님은 손가락을 빼지 않는다.

"힘 풀어라. 몸에 힘줘 봐야 더 괴로울 테니까."

대체 왜 이러시는 건지 영문을 모르겠다.

설마 죽일까 싶은 마음과 이러다 죽겠다 싶은 마음이
엉킨다. 샨은 억지로 힘을 빼려 안간힘을 쓴다. 그러나
조건반사라는 게 있다. 쉽지만은 않다.

손가락이 입 안 가장 깊숙한 곳 점막을 긁는다. 불에
타는 것처럼 뜨겁다.

"음, 알았다."

드디어 교수님이 손가락을 치웠다. 샨은 그제야 땅에

대고 헛구역질을 내뱉었다. 눈물이 그렁그렁하다.

"대체 뭘 하신 겁니까!"

"몸의 불순물이 전부 타 버렸더군. 이상하군. 이 정도로 강력한 기운이 휩쓸고 지나갔는데 어째서 강해진 건 전혀 없고 불순물만 사라진 건가?"

그는 턱을 괴고 한참이나 생각에 잠겼다가 이윽고 입술을 열었다.

"최근에 뭔가 기이한 일을 겪은 적 있나? 마력의 기둥 속에 갇히거나."

"마력의 기둥이라면 어떻게 생긴 거죠?"

"빛의 기둥이라고 표현하는 게 쉽겠군. 자연적으로 생기는 일은 거의 없고 인위적으로만 열리는 기둥이지. 과거 신께서 용사를 선택할 때 이런 빛의 기둥을 내려보냈다. 그 기둥의 축복을 받은 사람은 아무리 검 하나 쥐어본 적 없는 무지렁이 농부라 하여도 일류 소드 마스터 이상의 검술을 갖게 되지."

"그런 기둥이라면 맞아 본 적이 있습니다만 소드 마스터의 권능은 갖지 못했는걸요."

샨은 그동안 겪었던 일에 대해 이야기했다. 카이가 최초의 뱀을 알로 되돌렸을 때의 이야기들을. 그러고 보면 용사들이 나오는 전기물 중에는 하늘에서 빛이 쏟아지고 신께 축복을 받은 용사가 마왕을 물리치는 이야기가 줄을 잇곤 했다.

그걸 마력의 기둥이라고 부르는구나. 샨은 생각했다.

한참 이야기를 듣고 난 에녹 교수님이 말을 이었다.

"카이에게 그런 힘이 있다니 신기하군. 이건 보통 드래곤의 영역이라기보다는 고대 용신에 가까운 힘인데…… 음…… 라온 교수에게 이야기했나?"

샨이 고개를 저었다.

"자세히는 말하지 않았습니다. 그래도 이번에 티스와 율케스에게 새 드래곤이 생겼으니까요. 그 부분만 말했어요."

"알면 카이를 해부하려 하겠군."

샨의 어깨에서 소름이 쭈뼛 돋았다. 에녹 교수님이 말을 이었다.

"어느 쪽이든 샨 너는 마력의 기둥을 받았는데도 결국 마력이 아닌 몸을 정화하는 데 썼다는 거군. 뭐 당연한 건가. 너는 병 때문에 몸에 있는 마나 패스가 엉켜 있으니까. 사용 가능한 곳이 하반신뿐이라고 했지?"

마나 패스, 동대륙에서는 기혈이라든가 혈맥, 혈도라

고도 부른다. 마력을 끄집어내고 움직이기 위해서는 이 마나 패스가 중요하다. 샨의 경우에는 이게 병으로 막혀 버린 터라 그동안 마나를 사용할 수가 없었다.

"아, 네."

"음, 그 부분은 차차 생각 좀 해 봐야겠군. 확실한 건 몸이 정화된 덕분에 갓 태어난 갓난아기와 같은 상태가 되었다. 모공 하나에도 불순물이 없을 거다. 그렇게 되니 평생 채식만 하는 엘프와 비슷한 상태지. 그것도 가장 정순하다는 하이엘프와 비슷한 상태다. 찬트를 사용하기 충분하지."

"찬트를 가르쳐 주시는 겁니까?"

"음, 귀찮군."

그런 소리 할 거면 대체 왜 말을 꺼내고 목구멍에 손가락을 집어넣고 있었단 말인가. 샨은 한숨을 내쉬었다.

"그런 표정 짓지 마라. 내 일은 주 20시간이 끝이다. 누가 추가 근무를 좋아하겠나."

"네, 우리 아카데미의 귀감이십니다."

"이제는 제법 비아냥거릴 줄도 아는군, 샨 알테리온. 하여간 네 녀석은 티스를 친구로 선택한 게 잘못이다."

담뱃불이 끝까지 탁탁 타들어 간다. 교수님은 독한 연

기를 한계까지 들이킨다. 마치 먹이를 삼키는 뱀과 같다. 느리지만 천천히 소화시켜 나간다.

이윽고 교수님은 담배를 바닥에 버렸다.

"좋아. 가르쳐 주지."

"감사합니다!"

"대신 조건이 있다. 수업료로 차와 스콘을 준비하도록. 넬에게 이야기를 들으니 요즘 차 끓이는 솜씨가 일취월장 했다던데?"

아르고 형이라든가 에론 형이라든가 은근히 입맛이 까다로운 티스라든가 하는 놈들 사이에 끼어 살다 보면 자연히 그렇게 된다.

차를 끓이는 정도라면 그리 어렵지 않다. 샨은 고개를 끄덕였다.

7.

이튿날 샨은 방과 후에 교수님이 있는 신전으로 향했다. 식당에서 갓 구운 스콘을 받아서 식지 않도록 두꺼운 종이로 몇 번을 감쌌다.

교수님이 오기 30분 전부터 물을 끓여서 차를 준비해 놓는다. 오늘 끓일 차는 얼그레이다. 교수님은 달달한 걸 별로 좋아하지 않으시는 터라 조금 차를 진하게 끓였다. 차향이 맑게 방 안을 감쌀 즈음에 교수님이 문을 열고 들어왔다.

"준비했군."

"네."

교수님은 담뱃불을 재떨이에 비볐다. 그러고 보면 상당히 골초임에도 교수님 몸에는 담배 냄새가 배는 일이 거의 없었다. 교수님이 샨에게 손바닥을 폈다.

"손을."

교수님 손에 손목을 얹는다. 교수님은 샨의 손목을 붙잡고는 맥을 짚는다.

"지금부터 마력을 집어넣을 테니 저항하지 마라. 저항하기 시작하면 더 힘들 테니까."

고개를 끄덕이자 교수님이 말했다.

"긴장을 풀고 눈을 감아라."

이윽고 시원한 기운이 손목을 타고 들어오기 시작했다. 마치 물처럼 투명하고 맑은 기운이었다. 그것은 샨의 손목부터 팔, 어깨까지 청명하게 흘러들어 오더니 어깨, 날개 뼈에서 멈춘다. 그러고는 샨의 심장께로 들어갈 곳을 찾아 빙글빙글 돌았다.

이윽고 교수님이 기운을 거두었다.

"뒤틀린 마나 패스가 회복되기 시작했군."

샨의 눈이 커졌다.

"정말이십니까?"

"그래. 이대로 두면 소용이 없고 매일 조금씩 치료 마법과 찬트를 병행하면 정상인의 절반까지는 회복시킬 수 있을 거다. 그게 무슨 뜻인지 알겠지?"

"그렇다면 검기를 쓸 수 있다는 거죠?"

교수님이 딱 잘라 대답했다.

"넌 솔직히 검에는 재능이 없다, 샨 알테리온. 이제 슬슬 미련을 버리는 게 어떤가."

그놈의 재능, 왜 다들 그 소리만 하는지.

"저는 저를 믿습니다. 노력이 부족할 뿐이지 재능이 없다고는 생각하지 않아요."

"그렇게 많이들 죽지."

으윽, 대놓고 정곡이다. 샨은 살짝 이마를 찌푸린다. 에녹 교수님이 한숨을 포옥 쉬었다.

"고민이다. 애써 마나 패스를 열어 줬는데 좋다고 사

지로 기어갈 제자를 보니 하고 싶은 마음도 싹 사라지는
군.”

“죽지 않아요.”

“죽을 거다. 그것도 아주 이른 나이에 죽을 거야.”

마치 본인이 신이라도 되는 양, 샨의 미래를 선고하고
있다. 샨은 뺨을 살짝 부풀린다. 에녹 교수님은 다시 눈
을 감고 생각에 잠긴다. 에녹 교수님은 깊은 고민이 있을
때면 늘 그대로 앉아 눈꺼풀만 감고 있다. 손가락 하나
움직이지 않는다. 마치 석상처럼 고민하고 또 고민한다.
이윽고 그가 눈꺼풀을 떴다.

“약속을 하나 하도록 하자.”

“뭐죠?”

“위험한 곳 가지 말라는 소리는 안 할 테니, 검만은 쓰
지 마라.”

“그럴 바엔 거절하겠습니다.”

“이렇게까지 말했는데도 끝까지 고집부리는군.”

에녹 교수님은 애제자의 얼굴을 한참이나 바라보았다.
그건 마치 불기 전의 민들레 씨앗을 보는 듯한 시선이었
다. 에녹 교수님이 말했다.

“죽지 마라.”

"안 죽을 겁니다."

"위험한 곳은 가지 말고."

"노력하겠습니다."

"칼 쓰지 말고."

"그건…… 죄송합니다."

에녹 교수님이 품에서 담배를 다시 꺼낸다. 사지로 기어들어 갈 저놈을 보니 맨 정신으로 있기 힘든 모양이다. 이윽고 불을 붙이더니 한참이나 담배를 빨아들인다. 그리고는 한숨처럼 연기를 뱉었다.

"다른 검을 써라."

"네?"

"싸우는 법은 내가 가르쳐 주마. 어차피 한번 뒤틀린 마나 패스다. 다시 재생한다고 해도 다른 사람과 같은 검술을 쓸 수는 없어. 이것까지 거절한다면 아무것도 가르쳐 주지 않겠다."

교수님의 눈동자가 이쪽을 똑바로 바라본다. 마치 깊은 우물 같은 눈이었다. 청년의 얼굴이었지만 눈은 노인의 것이었다.

샨은 더 이상 욕심을 부릴 수 없었다.

"고맙습니다."

"너는 아무리 익힌들 티스나 율케스, 크롬 같은 놈들보다는 강해질 수 없을 거다. 물론 단테스보다도 약하겠지."

그건 그렇다. 모두 어릴 때부터 극한까지 연마해 온 자들 아닌가. 고작 수련 몇 번으로 그들을 뛰어넘으리라 생각하는 건 날강도다.

"내가 처음 가르칠 건 사람을 죽이는 검이 아닌 제압하고 도망치는 검이다. 그 다음에 사람을 죽이는 법을 가르쳐야겠지. 검을 배운다는 건 사람을 죽인다는 거다. 너는 살기 위해 누군가를 죽일 수 있나?"

그 말에 샨은 대답하지 못했다. 에녹 교수님은 천천히 그런 샨의 표정을 관조했다.

샨은 검에 재능이 없다. 물론 때가 되었을 때 내려치고 회피하고, 적당한 타이밍에 옳은 자세로 찔러 넣는 일이라면 남들만큼 할 수 있다. 그러나 샨은 비정(非情)이 부족했다.

스스로가 살기 위해서 누군가를 죽여야 했다. 나를 지키기 위해 타인을 상처 입혀야 했다.

검이란 그렇다. 주먹을 쓰는 것과는 다르다. 손을 쓰면 사람을 때릴 때 어디까지 부러지는지 내장을 얼마나 다치는지 대강은 알 수 있다. 그러나 무기를 쥐는 순간 그런 힘 조절이 힘들다.

죽이지 않고 제압만 한다?

그건 경지에 오른 고수들만 가능하다.

어설픈 실력으로 상대를 제압한다고 해 봐야 돌아오는 건 눈먼 칼날뿐이다. 그리고 사람은 목 안쪽 급소 하나만 끊어 줘도 죽는다.

기본적으로 검을 드는 이는 비정해야 한다.

언제든지 타인의 목숨을 끊을 각오가 되어 있어야 했다.

샨이 단테스와 싸웠을 때, 에녹 교수도 강의하다가 창밖으로 그 모습을 힐끗 보았다. 샨은 결국 검을 버리고 맨손으로 싸웠다. 보통 사람이라면 검이 익숙지 않으니 익숙한 주먹을 쓴다고 생각했으리라.

샨 본인도 그런 이유일 거라고 짐작했다. 그러나 실상은 정반대였다.

'단테스를 다치게 하고 싶지 않은 게지.'

샨의 실력이 미숙하니 단테스를 잘못 쳐서 큰 상처라도 입힐까 무서웠던 거다. 무의식이 가로막으니 몸이 굳는다. 그렇게 되니 검을 버리게 된다. 차라리 맨손으로 싸우면 단테스가 다치지는 않을 테니까.

아론 교수도 그런 의미에서 샨에게 재능이 없다고 딱 잘라 말했다.

'그게 가장 큰 재능이긴 하지. 백 가지를 배워도 결국 비정하지 못하면 무엇 하나 끊어 내질 못할 테니까.'

그렇다면 샨에게 가장 적합한 것들을 가르친다면 조금 이나마 낫지 않을까. 치명상을 입히지 않으면서도 상대를 제압하는 데 최적화되어 있는 검술을.

에녹 교수는 생각한다.

'그래도 죽겠지.'

좋은 사람은 늘 그렇듯 먼저 죽는다.

그의 애제자도 좋은 사람이니 아마 그리될 거다.

에녹 교수는 허망하게 연기를 내뱉는다.

8.

그날 이후로 샨은 에녹 교수님께 찬트를 배웠다.

검술은 후에 가르쳐 주겠다고 했으니 조급하게 생각하 지 않기로 했다. 빈 성당 안에서 샨은 교수님이 가르쳐 준 대로 천천히 목소리를 냈다.

목소리를 따라 마력이 엉키는 게 느껴진다. 오래된 고대어 노래의 단어 하나하나가 이 세계를 창조했을 때 신께서 만들어 낸 약속이라고 했다.

그 약속을 하나로 집결한 게 바로 찬트다.

고대의 하이엘프들은 이 찬트를 사용해 세계를 만들 수도, 지울 수도 있었다고 한다. 그러나 그게 신에게 노여움을 사서 대부분의 단어들은 잊히고 이제 몇 안 되는 노래들만이 이어진다고 했다.

샨의 목소리가 성당의 스테인드글라스 안을 붉게 물들인다.

마치 음을 조율하는 피아노처럼 음을 하나하나씩 점검한다.

마침내 샨의 주변으로 바람이 일었다. 그리고 그 바람은 샨의 손등을 쓸고 지나갔다. 손등에는 일부러 칼로 긁은 상처가 나 있었다. 노래를 따라 상처가 아물기 시작했다.

'빨리 익히는군.'

치유 마법에는 확실히 재능이 있다.

기본적으로 외과적인 지식도 있었고 본인이 그동안 많

이 다쳐 봤기에 상처의 유형에 대해서도 빠삭하다.

순수하게 치료사로 나선다면 아마 황실 최고 치료사급까지 성장할 가능성이 높았다.

'그런 놈이 죽어도 검을 익히겠다고 고집을 부리니, 원.'

마침내 절정에 치달았던 샨의 목소리가 유리처럼 부서진다.

샨의 손등에 있던 상처가 완전히 낫는다.

노래를 마친 샨은 칭찬을 바라는 눈으로 에녹 교수님을 바라보았다. 그러나 돌아온 건 바위 같은 입매뿐이다.

"다음 찬트를 익히도록 하지."

에녹 교수님은 곧바로 다음 진도를 나갔다.

9.

슬슬 중간 평가가 다가왔다. 연극팀은 모두 한 곳에 모였다. 주연을 맡은 건 다름 아닌 지젤이었다. 원래는 티스가 본인이 하겠다고 소리를 지르는 걸 지젤이 뒤에서 목을 졸라 기절시켰다. 한동안 방 안에서 잠잠한가 싶더니 밝은 모습으로 홀로 나왔다.

가뜩이나 여학우들을 유혹하는 가장 간악한 늑대인데 그 늑대가 페로몬을 뿌리겠다고 주연을 맡으려는 걸 두고 볼 수가 없다.

결국 지젤이 남장을 하고 주연을 맡기로 했다.

티스는 어쩌 정반대로 그런 주인공의 약혼녀의 역할을 맡게 되었다. 지젤과 역을 바꾸다 생긴 참사였다.

그리고 마지막 보스, 오크왕의 역할을 맡은 건 율케스다. 아무리 연기를 가르쳐도 국어책 읽기밖에 되지 못해 어쩔 수 없이 배역을 갈아야 했다.

다만 모처럼의 외모가 가려진다는 이유로 오크지만 '잘생긴' 오크를 맡기로 했다. 한 마디로 다른 놈들은 돼지 머리를 쓰게 하지만 율케스 만큼은 그냥 오크 갑옷만 입히겠다는 말이었다.

"이거 원작 훼손 아닌가?"

율케스의 질문에 티스가 툴툴거렸다.

"나 히로인 시키고 지젤 지가 남장했을 때부터 이 연극은 망했어."

두 사람 모두 의욕이 없어도 너무 없다.

그러거나 말거나 단테스는 각자 어디까지 대본을 외웠

는지 점검했다. 의외로 가장 의욕이 없는 티스가 단 한 번도 틀리지 않고 모든 대사를 마무리했다. 지젤이 그런 티스에게 욕인지 칭찬인지 모를 말을 뱉었다.

"오, 과연 공부 빼고 천재."

티스는 그런 지젤에게 가운데 손가락으로 응수했다.

대사 점검이 모두 끝난 후, 마침내 샨의 차례가 왔다. 샨은 대사 자체는 짧았던지라 어렵지 않게 모두 외웠다.

마지막이 노래.

샨은 숨을 크게 들이쉬었다.

아는 사람들, 아는 얼굴들이다. 에녹 교수님의 날 선 표정에 비하면 아무것도 아니다. 숨이 공기를 타고 매끄럽게 흘러들어갔다. 음색이 금빛으로 번지는 것을 보았다.

티스는 소리에도 색깔이 있다는 것을 처음 알았다. 밀밭 위를 스쳐 지나가는 바람처럼 노래는 신의 목소리를 닮아 있었다.

정순한 몸과 정순한 성대가 옳은 방식으로 마력을 담아 부른다. 비록 옛 약속의 언어는 아니지만 그것만으로도 소리는 빛을 반사한다.

반주도 없이 노래는 그저 노래일 뿐.

사람의 귀를 작게 덥히고 그렇게 스쳐 지나간다. 결코 화려한 목소리는 아니었다. 변성기가 오지 않은 아주 어린 것의 목소리였다. 그러나 그렇기에 소리는 더 많은 것을 담아냈다.

음은 심연까지 내려가더니 이어서 더 높은 곳으로, 창공으로 날아오른다.

마침내 샨은 마지막 음절까지 끝낸다.

지젤의 눈에서 눈물이 툭 흘러내렸다.

이 연극의 흥행을 의심하는 이는 이 세상 어디에도 없었다.

모두 가슴이 복받쳐 정신을 놓는 이 와중에도 단테스만이 홀로 돈 계산을 끝마쳤다.

"샨, 곡 하나 더 부를 생각 없습니까?"

Chapter 4

천사의 노래

1.

지젤은 기숙사 회장과 상의해서 이번 축제에 예산을 더 얻어 냈다.

"더 큰 수익을 만들어 낼 수 있습니다. 확신합니다!"

"하지만 지난번보다 더 많은 예산이라니 위험부담이 너무 큽니다, 지젤 양. 만약 이 막대한 예산을 뛰어넘는 이득을 보지 못한다면 그 책임은 지젤 양 당신에게 돌아갑니다."

말 그대로 자리 내놓으라는 뜻. 지젤은 강력하게 밀고 나갔다.

"확신합니다!"

이번 축제는 여러 의미에서 큰 도박이 아닐 수 없었다.

무대를 만들기 위해 건축가들을 섭외하고, 요리사에게 직접 요리를 전수받는다. 원래라면 전문 요리사를 고용해서 시키겠지만 무대에 너무 많은 예산을 썼다. 거기다가 올해는 학교 측에서 에론 교수님을 필두로 아예 축제를 삼엄하게 감시하도록 체제를 만들었다.

작년처럼 술을 빼돌린다거나 하는 행위를 했다가는 그날로 끝장이다. 에론 교수가 누군가. 산을 위해서라면 남의 손가락도 잘라 버리는 인간 아니던가.

그런 샨이 축제에 참여를 하고 있다. 또다시 악의 구렁텅이에 빠지는 셈이다. 아아, 절대로 불결한 일은 한 치도 있어서는 아니 된다. 이런 마음으로 학생회를 다지고 학생들을 조지고 있다.

축제에 찬물을 붓는 행위라고 반론을 펼치는 사람도 있지만 그딴 항의쯤 반동분자의 주장 취급하면 된다.

'가장 큰 매상을 차지하던 주류 반입이 이제는 막혔어.'

그렇다면 남은 건 무알콜 샴페인 정도와 음식, 그리고 표 값이다.

'샨, 너만 믿을게.'

지젤은 그렇게 두 손 모아 자신의 왕자님에게 기도를
드렸다.

같은 시간 에론은 느긋하게 앉아 차를 마시고 있었다.
한 손에는 찻잔, 다른 한 손에는 서류다. 그러고 보면 황
궁에서 정산 업무를 하고 있을 때와 크게 다르지가 않다.
이게 제국 군사 예산 집행서냐 아니면 드래곤 스콜라 아
카데미 축제 예산 계획서냐의 차이일 뿐이다.

그러나 마음은 이쪽이 몇 배로 무거웠다.

군사 관련 서류는 그가 실수하면 기껏 몇만 병사 목이
날아가는 정도지만 축제는 샨, 단 한 명의 교육상 안 좋
다는 이유에서다.

에론에게 있어 생판 모를 목숨 따위 몇만이든 몇십만이
든 샨의 머리털 하나만도 못하다. 그러니 이쪽 축제 예산
서가 몇 배나 더 중요할 수밖에.

에론은 그 자리에 앉아서 서류를 넘기고 차를 한 모금
마시고 다시 서류를 넘긴다.

차에 곁들일 다과도 쿠키로만, 그것도 스틱형에 가루가
날리지 않을 것들로 준비했다. 생크림 같은 건 일절 넣지

않았지만 머리를 쓰려면 당분이 필요하니 딱딱한 초콜릿을 곁들였다.

모든 탑의 예산서를 보려면 장거리를 달려야 한다. 에론은 계속해서 읽고 또 읽었다.

'그린 타워에서 횡령이 있었군. 그리고 화이트 타워에서는 서류상 실수를 했는지 계산이 틀렸다. 레드 타워는…… 음…… 과도하게 호화스럽군. 애초부터 손해를 볼 걸 감수하고 그냥 예산을 집행한 건가?'

마지막으로 샨이 있는 블루 타워만이 남았다.

에론은 맛있는 건 가장 마지막에 먹는 타입이다. 블루 타워는 끝까지 꼼꼼하게 검사할 요량으로 처음부터 일부러 남겨 두었다.

"후우. 당분이 부족하다."

스틱 쿠키를 다 먹어 치우고도 모자란지 에론은 책상 서랍을 열었다. 그곳에는 초콜릿 말굽 쿠키가 담겨 있었다.

초코 파우더와 생크림을 넣고 구운 것도 모자라서 말굽 양 끝을 다크 초콜릿에 담가 코팅했다. 집어 먹기 쉽게 말굽 가운데 튀어나온 부분은 초콜릿을 바르지 않았다.

서류 업무 중 급한 당분이 필요할 때를 대비해 만들었

다.

에론은 너무 우러나서 떫은맛까지 나는 차를 삼킨다. 그러고는 쿠키를 곧바로 입에 넣는다.

떫은맛 자체가 단 맛을 부르는데 달디단 초코 쿠키까지 더해져서 앙상블을 이루었다.

보통 사람이라면 쿠키 하나 먹고 맛있다고 호들갑 떨다가 너무 달아서 두 번째 쿠키에는 손을 못 댈 그럴 맛이었다.

그걸 에론은 세 개를 연달아 씹어 먹은 다음에 서류를 빠르게 읽어 나가기 시작했다.

'소수점 두 번째 자리까지 계산한 건가?'

그러나 단테스도 보통은 아니었다. 이미 탈세와 횡령에는 잔뼈가 굵은 몸이었다. 단순 무식 알파도 파에서 유일하게 문맹이 아니라는 이유 하나만으로 단테스는 혼자서 서류를 다 꾸며야 했고, 그가 실수했을 때는 그가 아닌 미리 준비한 다른 놈들이 대신 감옥에 가곤 했다.

그걸 단테스는 '바지 사장'이라고 불렀는데 그렇게 단테스가 실수하면 바지 사장들이 대신 돈을 받고 감옥에 가 줬다.

그렇게 스무 명쯤 대신 감방에 보내고 나니까 단테스도

슬슬 손이 익었다.

보통 회계사들이 실수를 했을 때의 가장 큰 문제점은 그 실수를 '한 번' 밖에 못 한다는 점이다. 이미 한 번 실수하면 재산 환수당하고 감옥에 가기 때문에 두 번 못 한다는 거다.

그러니 실수를 통해 다시 학습을 할 기회가 별로 없다.

단테스는 몇 번이고, 또 몇 번이고 할 수 있다. 그렇게 쌓아 온 모든 노하우가 이 서류에 집대성이 되어 있다.

'깨끗하다. 너무 깨끗해. 예산이 다른 탑에 비해 크다는 것을 제외하고는 깨끗해. 아니, 생각해 보면 이 와중에도 돈지랄하는 레드 타워에 비해 꽤 알차게 예산을 사용하고 있지 않나. 하지만······.'

에론은 손톱으로 탁자를 툭툭 두드린다.

'평범한 귀족들의 연회다. 공연을 보면서 식사를 할 수 있게 만들어 뒀을 뿐 따로 댄스 타임이 있는 것도 아니고 그렇다고 부킹이 있는 것도 아니야. 이른바 디너쇼라고 부르는 그런 행사.'

그런데도 뭔가 이상하다. 에론은 말굽 쿠키를 먹고 또 먹었다. 과자 부스러기 하나까지 탐욕스럽게 집어 먹었다.

에론은 두 번째 상자에 손을 가져간다. 포장을 뜯을지 말지 그렇게 고민하기를 한 차례.

노크가 울렸다.

에론이 대답하기도 전에 문이 열린다. 에녹 교수였다.

"아직 일하고 있었나. 에론 교수."

이 하이엘프 놈은 원래부터 말이 짧았는데 에론이 같은 교수로 들어오니 아주 대놓고 반말이다. 애초부터 허례허식에는 그리 신경 쓰지 않았던 에론이기에 이 엘프의 반말은 그냥 받아넘겼다.

"이 일이 끝나면 퇴근할 겁니다."

"그렇군. 아 참, 샨이 이번 축제에서 뭘 맡았는지 들었나?"

"천사 역할로 알고 있습니다. 노래를 부른다더군요. 예산서를 보니 최고급 재료만 구매했더군요. 평범한 싸구려 무대 소품은 사용하지 않을 모양입니다."

에녹은 슬그머니 혀를 찼다. 샨에게 저런 형이 있다는 건 아무리 좋게 말해도 악연밖에 되지 않는다.

"자네도 세상 모든 부모들이 배우는 걸 배워 볼 생각을 하는 건 어떤가?"

"뭐죠?"

"단념하는 것."

"뭘 단념하란 말입니까."

"가족에 대한 집착을. 아무리 자네가 그래 봤자 타인은 결코 누군가의 소유물이 될 수 없네. 이 세상 어떤 자식도 부모의 소유물이 될 수 없어. 때가 되면 부모를 버리고 새로운 세상으로 나갈 걸세. 그리고 그곳에서 그들은 새로운 부모가 되고 새로운 자식을 낳겠지. 그게 섭리네."

에론이 심드렁하게 대답했다.

"무슨 말이 하고 싶으신 겁니까?"

"샨은 결코 자네가 원하는 대로 자라지 않을 거고, 자네가 사랑하는 만큼 자네를 사랑하진 않을 걸세. 모든 부모가 자식에게 하는 사랑을 결코 돌려받지 못하듯이."

엄연히 말하면 에론은 부모가 아니라 형제지만 이 엘프는 거기까지는 언급하지 않았다.

이자의 변태적인 집착을 빗대기에는 그 어떤 사랑의 형태도 가져다 대기에 모호하다. 그나마 가장 가까운 게 부모 자식 관계 정도겠다. 그것도 악한 부분은 다 떼어내고 밝은 부분만 집어넣자니 그렇게 된 거다.

에녹 교수가 말을 이었다.

"샨도 때가 되면 사랑하는 여인이 생길 거고 자네가 반대하든 말든 결혼을 할 걸세. 만약 자네의 반대로 파혼하게 되면 두 번 다시 예전과 같은 관계는 유지할 수 없겠지. 빠르든 늦든 자네 품을 떠날 거야. 자네는 그걸 배워야 해."

에론의 안경이 빛난다. 그의 입가에는 희미하게 미소가 피어났다. 그러나 눈은 어떤 표정을 짓고 있을까. 에녹 교수는 속으로 생각한다.

"이번에 검을 두 자루 주문하셨더군요. 길이와 무게를 보니 딱 170센티미터 정도 신장의 소년이 사용하기 적합한 검이었습니다. 샨처럼요."

"……."

어떻게 눈치챈 걸까. 에녹 교수는 말없이 담배를 입에 문다.

여기서 자칫 거짓말을 했다가는 꽤나 좋은 꼴을 보게 될 거다. 그리고 그 화는 샨에게도 미칠 수 있다. 이자는 사랑과 집념을 구분하지 못하는 자다.

에녹 교수는 담배 연기를 깊게 빨아들인다. 그와 동시에 에론 교수는 두 번째 쿠키 상자를 뜯었다.

에녹 교수가 말했다.

"신경 쓰지 말게."

"지난번에 검 연습 하는 걸 지켜봤습니다. 샨이 원해서 한 일이라는 것도 알고 있습니다. 하지만, 그 아이가 자신의 능력에 심취해 사지로 들어가는 일은 없었으면 합니다. 제게는 소중하고 소중한 아우니까요."

어째서일까. 지금 에론의 목소리는 지옥에 사는 마족들의 억양과 비슷하다는 생각이 들었다.

기이했다. 분명 동생에 대한 순수한 사랑일진대 그만큼 깊은 악의가 함께 느껴지다니.

"소중하다면 그냥 지켜보게나."

"지켜보고 있잖습니까. 하나부터 열까지요."

같은 단어임에도 뜻은 정반대로 갈린다.

마치 빛과 그림자처럼.

에녹 교수는 몸을 일으켰다.

"중요한 서류는 여기 두었으니 이만 돌아가겠네."

그 순간, 종이가 칼날이 되어 에녹 교수의 뒷머리를 쓸고 지나갔다. 그의 머리카락을 자르며 벽에 꽂힌다.

만약 여기서 조금이라도 더 옆으로 던졌다면 잘리는 건 머리카락이 아닌 목이었으리라. 명백한 살의 섞인 경고에도 에녹 교수는 담담히 그를 돌아보았다.

"……."

"……."

둘은 한 마디도 나누지 않고 서로를 바라보았다. 먼저 입술을 뗀 건 에론이었다.

"샨을 잘 부탁드립니다."

에녹 교수가 응수했다.

"걱정 말게나. 한 사람의 동생이기 이전에 그는 내 제자이니까."

그 말을 끝으로 에녹 교수가 문을 닫는다.

콰앙!

에론은 닫힌 문을 한참이나 바라보더니 두 번째 상자에서 누가쿠키를 집어 입에 물었다.

2.

단테스가 단언했다.

"절대로 부정은 못 찾을 겁니다."

물론 이 말도 덧붙여 말했다.

"처음부터 부정은 없었으니까요."

단테스가 이 일을 오래 해 오면서 깨달은 진리가 있다. '어설프게 속일 바에는 아예 시작도 하지 않는 편이 낫다'는 것.

애초부터 이쪽 하나만을 노리고 하는 감사다. 그것도 상대는 제국에서 가장 유능하다고 말하는 에론 알테리온이다. 거기다가 사회와는 달리 학교에서는 대신 퇴학당해 줄 사람이 없다.

이미 자신은 찍혔으니 빌미만 있으면 에론이 직접 나서서 처리할 건 뻔한 이야기다. 거기다가 에론은 부임한 이후로 이 학교에 이런저런 후원자를 소개시켜 주거나 서류 업무를 도와주는 등 아주 착실하게 세력을 불리고 있다.

정면으로 싸웠다가는 승산이 없다. 단테스는 부정 자체를 한 점도 놓지 않고 전부 깔끔하게 처리해 버렸다. 지나치게 투명해서 오히려 에론은 더욱 의심하리라.

'그렇게 해서 체력이 좀 많이 빠졌으면 좋겠는데 말이죠.'

사람이 기계가 아닌 이상 그도 분명히 지칠 게 아닌가.

누구든 지치고 힘 빠지면 실수가 있기 마련이다. 단테스는 그때를 노릴 생각이다.

"아, 의상은 좀 더 슬림하게 부탁드립니다. 허리 부분

핏이 잘 맞아야 하거든요."

지금 하고 있는 건 무대 의상의 1차 가봉 작업이다.

특히 이 무대는 샨의, 샨을 위한, 샨에 의한 무대다. 평소 목소리가 좋다고 생각했지만 이만큼 잘 부를 줄은 몰랐다.

결정적으로 샨의 노래에는 사람을 끌어당기는 무언가가 있었다.

'그 전에도 이 정도는 아니었는데 말이죠.'

분명히 누군가에게 사사받은 게 틀림없었다. 에녹 교수라든가.

샨이 뺨을 긁적였다.

"빨리 끝내면 안 돼? 나 이 다음에 할 일 있거든."

"잠시만 기다려 주세요, 샨 군. 우리로서도 이번 축제를 꼭 성공시켜야 해서 말이죠. 샨 군도 이번 축제 꼭 성공시키고 싶지 않으십니까?"

"당연히 성공하고 싶지만……."

"에론 형 앞이잖습니까. 지난번 추태를 만회해야죠."

그 추태가 누구 때문에 생긴 일인지 샨은 굳이 언급하지 않았다.

그나마 건전한 축제다. 그리고 매우 건전한 역할이다.

여장도 아니고 가문에 누가 될 만한 짓은 단 하나도 하지
않았다.

이번에야말로 제대로 된 학교생활을 형에게 보여 주고
싶었다. 샨의 눈이 반짝반짝 빛났다. 그의 뒤에서 티스가
외쳤다.

"아, 가슴은 좀 **빵빵**하게 넣으라고! 기왕 여장하는 건
데 글래머라도 되어야지. 청순한 글래머 몰라? 청순한 글
래머."

남자들이 쌍욕을 하며 티스의 핑크 드레스에 솜을 채워
넣었다.

저쪽도 준비 완료☆

3.

티스는 오늘도 전단지를 뿌린다. 작년과 기묘한 기시감
을 느끼며 푸르딩딩한 곰 인형을 머리에 쓰고 역 앞에서
열심히 춤을 추었다.

문득 인상이 서글서글한 형이 역 아래로 내린다. 어쩐
지 낯이 익었다. 그러나 곰 인형 안에 뚫린 구멍 두 개 가

지고는 시야 확보가 어렵다.

남자는 티스에게서 전단지를 받았다.

"아, 감사함다."

어쩐지 많이 낯익은 어감이다. 그가 전단지를 보더니 푸홋 웃음을 터뜨렸다. 전단지 한가운데에는 천사옷을 입은 샨이 새하얀 스테인드글라스의 빛을 맞으며 서 있었다.

"에론 형님이 안 좋아하겠슴다."

그렇다고 막을 수도 없는 일이다.

티스는 걸어가는 이의 뒤통수를 보고 그제야 그가 누군지 완전히 알아보았다.

아르고, 아르고 알테리온. 하긴 애초에 그렇게 이상한 말투를 쓰는 사람이 몇이나 되겠냐마는. 티스는 열심히 곰 인형을 연기하며 전단지를 뿌렸다. 다행히 아르고는 티스를 알아보지 못했다. 아니, 전혀 신경도 쓰지 않고 자기 갈 길만 걸어갔다.

"흐음, 연극이라. 노래가 섞였으니 뮤지컬에 가깝다고 해야 함까."

아르고는 전단지를 바라보며 턱을 문질렀다. 인쇄 상

태가 꽤 좋은 걸 보니 돈이 제법 들어간 모양이다. 인쇄지에 나온 샨의 얼굴은 어째 저번보다도 더 아름다워 보인다. 이대로라면 대륙 최고의 미녀였던 어머니의 미모를 뛰어넘을 정도다.

"어째 사내놈이 선이 굵어지지는 못하고, 하아……에론 형이 걱정 많이 하겠습다."

4.

무대 뒤, 샨은 무대의상으로 갈아입는다. 무대 밖에는 관객들이 저마다 음식을 주문하고 있다. 생각보다 표가 적게 팔렸다. 아무래도 이번에는 에론이 철저하게 감시를 하는 터라 축제 분위기가 많이 죽은 탓도 있었고, 순수하게 이성과의 술이 섞인 만남을 하고 싶었는데 그걸 못한다고 하니 실망해서 오지 않은 이도 있었다.

새하얀 가운을 입고는 등에 천사 날개를 달았다. 벌써부터 심장이 터질 것만 같았다.

객석에 도착한 아르고는 에론을 발견한다.

"허이고, 왔심까?"

"너야말로 무슨 일이지?"

"모처럼 휴가를 썼는데 집에 가니 시커먼 아버지만 있잖슴까. 축제기도 해서 막둥이 얼굴이나 보려고 먼 길 왔심다."

에론은 그런 아르고를 힐끗 보더니 차를 한 모금 마신다. '오랜만이다. 잘 지냈냐. 몸은 건강하냐.' 인사 하나 없다.

에론이 이런 성격인 건 어릴 적부터 일찍이 깨달았다. 서운한 기색도 없이 아르고는 에론의 과자를 뺏어서 먹는다.

"오, 생크림 죽임다."

"좋은 우유를 구했거든."

역시 직접 만든 모양이다.

이윽고 무대가 암전된다. 실로폰이 물방울 소리를 낸다. 관객들은 숨을 죽이고 그 소리를 듣는다. 새빨간 커튼이 열린다.

그리고 천사가 하늘에서 내려온다. 샨이었다.

"오늘 이곳에 오신 수많은 필멸자들에게 빛의 신의 이름으로 축복을 내립니다. 이것은 비록 과거이나 현재이기도 한 이야기······."

샨의 목소리가 긴장으로 작게 떨린다. 무대 조명을 받아 샨의 얼굴이 비현실적으로 빛난다.

"모든 이에게 행복이 깃들기를."

샨은 가볍게 인사를 하고는 무대 뒤로 사라진다. 모든 관객이 한순간 감동을 받았다. 사람의 얼굴이 저 정도로 예쁘면 보는 것만으로도 감동을 받을 수 있구나. 아르고는 생각했다. 물론 이 감동은 여장 티스로 인해 완전히 깨진다.

"요호호호! 나는야 세상에서 가장 아름다운 공주!"

티스의 근육질 팔이 조명 아래서 적나라하게 드러난다.

아마추어치고는 그럭저럭 볼 만한 연극이다. 샨은 그렇게 생각했다. 무대 뒤에서 티스나 율케스나 지젤이 연기하는 모습을 보는 건 꽤 색다른 경험이었다.

늘 보는 친구들인데 이 각도로 보니 전혀 다른 사람처럼 보였다. 연극은 무르익기 시작했고 마침내 지젤이 쓰러진다. 이제 샨의 차례다.

샨은 숨을 천천히 머금고는 앞으로 걸어갔다. 어둠 속에서 샨의 숨소리가 들렸다. 이 날을 위해 수십 번, 수백

번 연습하지 않았던가. 에녹 교수님이 그토록 가르쳐 주
지 않았던가.

소리는 분명 응답하리라 믿는다. 그렇기에 샨은 노래를
불렀다.

날개 때문에 어깨가 무겁다. 다음번에는 깃털을 좀 줄
여 달라고 부탁해 볼까 샨은 생각한다. 실밥이 뜯어졌는
지 등이 가려웠다. 긁고 싶은 걸 참는다.

어둠 속이다 보니 관객의 얼굴은 잘 보이지 않는다. 샨
은 중간 자리에서 에론 형을 힘들게 발견한다. 그리고 그
옆에 있는 아르고 형까지.

'온다는 말도 없이.'

하긴 아르고 형은 늘 그랬다. 미리 온다고 말하고 왔던
일이 얼마나 있겠는가. 샨은 아르고형을 향해 작게 눈인
사를 건넸다. 아르고가 웃으며 손을 크게 흔든다.

가슴이 벅찼다.

샨은 계속해서 노래를 저어갔다. 달빛이 키스했다.

노래는 잔잔하게 모두를 감싼다. 왠지 듣다가 우는 사
람이 보였다. 샨은 조금 미안해졌다.

마침내 마지막 음절이 끝났다.

정적.

아르고 형이 박수를 쳤다. 모든 이들이 그걸 계기로 박수를 쳤다. 수많은 소리가 모여 소나기를 만들었다. 샨은 기쁜 마음에 모두에게 인사하고 싶었지만 그럴 수는 없었다. 그 자리에 그대로 앉아 박수가 멎기를 기다린다.

마침내 박수 소리가 끝나자 천사의 가호를 받은 지젤이 몸을 일으켰다.

영웅의 부활이다.

5.

연극이 끝나자 많은 이들이 샨의 대기실로 향했다. 벌써부터 꽃다발이 문 앞에 쌓여 갔다. 그런 것도 모른 채 샨은 화장을 지우자마자 아르고 형을 향해 달려갔다.

"아르고 형!"

"오! 끝났어?"

"네, 재미있었어요."

"연극 대박 나겠더라."

"표 팔아 봐야 이득 별로 안 남는대요. 음식이랑 술이 많이 팔려야 하는데 그게 걱정이에요."

"하긴 너 보고 있으니까 음식이 코로 들어가는지 입으로 들어가는지 모르겠더라."

그 말에 부끄러워서 그냥 계속 웃기만 했다.

"에론 형은?"

"한 마디도 안 하고 나갔어. 박수도 안 치던데?"

"아……."

샨은 작게 한숨을 내쉬었다. 에론 형이라면 그럴 만도 했다. 이런 연극에서 직접 나서는 걸 무척이나 내켜 하지 않았다. 그저 반대할 명분을 찾지 못했을 뿐이다. 배역에도 문제가 없었고 샨이 얼마나 노력했는지도 알고 있었다. 부정을 찾으려 했지만 단테스가 철저하게 서류를 꾸몄다.

"아무리 그래도 박수까지 안 치고 갈 줄은 몰랐잖냐."

아르고의 말에 샨이 고개를 저었다.

"괜찮아요."

아르고는 샨의 등을 두드렸다. 에론 형을 찾아갈 필요는 없는 것 같았다. 샨은 멋쩍게 뺨을 긁적였다.

"그나저나 진짜 오랜만이다."

"아, 별로 오래도 아닌 것 같은데요. 뭐. 하하하!"

정확히 말하면 북 페스티벌 때 보긴 했지만. 샨은 아닌

척 시선을 돌린다. 샨이 물었다.

"앞으로 뭐 할 건가요?"

"음, 니 얼굴도 봤으니 축제 조금 즐기다 가야지."

"벌써요?"

"너 때문에 본가 찍고 들른 거다. 그래도 하루 정도는 즐기다 갈 거야."

"아, 그러면 외박권 끊을게요. 야시장 가요!"

아르고는 그런 동생의 머리를 쓸며 밝게 웃었다.

다음 타임, 그 다음 타임에도 에론 형이 왔다. 소문이 퍼져서 표 값은 천정부지로 치솟고 암표조차 구하기 힘든 이 상황에도 에론 형은 왔다. 그리고 여전히 박수를 치지 않고 돌아갔다.

공연이 마음에 들지 않았다면 차라리 안 오면 된다. 그런데 왜 굳이 꼬박꼬박 오는 건지 도무지 알 수가 없었다.

마지막 공연 타임까지 끝났다. 에론 형은 이번에도 인사도 없이 돌아갔다. 샨은 공연 의상을 벗고 화장을 지웠다. 학교 입구에서 아르고 형이 기다리고 있다. 산처럼 밀려오는 꽃다발들을 무시하고 샨은 후드를 눌러썼다. 이번 축제만큼은 어째 일류 오페라 가수 못지않은 유명세라

중간에 걸리기라도 했다가는 섬에 팔려가듯 어딘가의 티 파티로 끌려갈 거다. 그리고 두 번 다시 돌아오지 못하겠지. 샨은 등을 부르르 떨었다.

그렇지 않아도 복도 끝에는 벌써부터 이 학교 학생도 아닌 귀부인들이 와서 죽치고 있다.

어떻게 건너가야 할까, 고민하고 있는데 티스가 옷을 갈아입고 지나갔다.

"와하하! 레이디들!"

그러나 그녀들은 '꺼져 줄래?'라는 눈빛으로 노골적으로 티스를 바라보고 있다. 이래 보여도 미소년 미청년 소리 듣고 사는 몸이다. 살아생전에 단 한 번도 받지 못한 눈빛에 티스의 가슴이 뻥 뚫렸다.

그랬다. 여장 남자는 아무나 하는 게 아니었다. 특히 어깨 떡 벌어진 남자라면 더더욱이.

어째 생각보다 일이 안 풀린다. 그렇다면 율케스라면 어떨까.

샨은 율케스에게 수신호를 보냈다.

'부탁해.'

내키지는 않은 모양이지만 율케스는 들고 있던 틴에이지 로맨스를 덮었다. 그러고는 흡사 단두대를 걷는 사형

수처럼 앞으로 걸어갔다. 아니나 다를까 그녀들은 율케스를 알아봤다. 오크 분장이 아닌 어딘가의 마족 분장을 했기 때문이다.

'이미 현실 고증 따위 밥 말아먹은 연극, 남자 얼굴이나 뜯어먹겠어!'라는 아주 훌륭한 자세로 그녀들은 눈을 빛내며 율케스를 포위했다. 물론 그 포위망에서 티스는 쓸쓸히 제외되었다.

그녀들이 율케스를 둘러싸는 동안 샨은 후드를 콱 눌러 쓰고는 목도리로 입 아래까지 둘둘 감았다. 그리고 무대 소품인 뿔테 안경까지 빌려서 완전히 중무장을 했다.

그러고는 흡사 여자처럼 조신조신하게 걸어갔다.

남자로서 느끼는 치욕도 그녀들의 집념 앞에서는 그래 뭐, 얼마든지 접어 주마.

어째 아르고 형을 만나려면 여장의 벽을 뛰어넘어야 한다는 게 서럽다.

샨의 걸음걸이에 티스는 벽을 긁으며 웃음을 참는다. 그리고 샨은 가성으로 말했다.

"어머어머, 지나갈게요."

"푸홧!"

티스는 이제는 배를 붙잡고 바닥을 구르기 시작했다.

샨은 그런 티스의 배를 꾹 밟고는 홀연히 지나갔다. 아니, 지나가려 했다. 조용히 웃음을 참던 티스는 결국 샨의 살랑이는 뒷머리를 보는 순간 그만 크게 웃음을 터뜨렸다.

"푸하하하하하핫!"

자연히 시선은 티스에게로, 그리고 티스 곁을 지나가는 샨에게로 집중되었다. 후드, 목도리, 안경의 3중 방벽도 그녀들의 눈빛 앞에서는 한없이 투명했다.

"샤인 알테리온 님이시죠!"

"샤인 님이다!"

두렵다. 사자 떼를 앞에 둔 암소도 이것보단 무섭진 않으리라.

샨이 긍정도 부정도 못 하고 뒷걸음질을 치자 그녀들이 말했다.

"잡아!"

"펴, 평화적으로 하라구요!"

"평화적으로 하면 저희랑 티 파티 하실 건가요?"

샨이 식은땀을 흘린다.

"죄송해요. 이 다음에 약속이 있어서요."

그 말에 그녀들이 선언했다.

"잡아!"

"우아아아악!"

그녀들이 샨을 향해 달려갔다. 티스는 바닥에 누운 상태로 그녀들의 하이힐에 처참하게 짓밟힌다. 마치 적군을 만난 피난민처럼 샨은 죽어라고 달린다. 달리기라면 결코 일반 여성에게 지지 않는다. 거기다가 상대는 치마를 입지 않았던가.

뒤를 힐끗 봤더니 그녀들은 레이디라고는 믿기지 않는 어마어마한 속도로 달려오고 있었다.

'대, 대체 어떻게 된 거지? 보법을 익힌 흔적은 보이지 않는데?'

하이힐을 신고 10kg이 넘는 초호화 드레스를 입고 달린다는 게 말이 쉽지 아무나 할 짓이 아니다.

"거기 서세요! 샤인 알테리온 님!"

여기서 섰다가는 어딘가로 끌려가서 10년 후쯤 어느 귀족이 지하실에서 미소년 포르말린으로 발견될 분위기다. 샨은 달렸다. 죽어라고 달렸다. 샨의 뒤에서 그녀들이 소리 질렀다.

"잡아라! 샤인이다!"

그녀들의 외침에 레이디들이 달려왔다.

"샤인 님이라고요?"

"어머, 샤인 님!"

"샤인 님, 머리카락 좀!"

대체 초면에 왜 머리카락을 원한단 말인가. 뭐에 쓰려고? 샤이 도망치자 기다렸다는 듯 손을 뻗는다. 아슬아슬하게 머리채를 붙잡히는 건 피했다.

'이럴 줄 알았으면 아예 여장을 할걸 그랬어어어.'

어설프게 목도리로 가리지 말고 그냥 치마를 입고 화장을 하고 나갔으면 먹혔을지도 모른다. 이래 봬도 여장 1급 자격증이 있는 몸 아니던가. 말하고 나니 스스로에 대한 자괴감이 엄습한다.

'에라, 모르겠다.'

복도에서 마력을 쓰는 건 금지다. 그러나 이 순간만큼은 다리에 마력을 담을 수밖에 없다. 샤은 그대로 진각을 밟고는 급격하게 가속했다. 샤의 몸이 훌쩍 넘어간다. 그러나 복도에 모여 있는 이들이 너무 많았다. 일단 급한 대로 벽을 밟고 달리기 시작했다.

"잡아!"

어쩐지 말이 점점 짧아진다. 여자들이 해일처럼 점점 더 불어난다. 잡히면 죽는다.

샨은 급하게 턴을 돌았다. 모퉁이를 향해 달리며 벼락 스타의 설움을 온몸으로 느꼈다. 분노한 민중들 앞에서 보디가드 없는 스타란 승냥이에게 포위당한 암사슴일 뿐이다.

그 순간 누군가의 목소리가 들렸다.

"여기로."

천장 환풍구로 손이 불쑥 나왔다. 어쩐지 익숙한 목소리라는 생각이 드는 것도 잠시, 잽싸게 손을 뻗었다. 어딘가 부드러운 손이었다. 험한 일이라고는 한 번도 하지 않은 그런 손이었다. 그러나 근력은 보통 이상인지 샨의 몸을 단숨에 천장 위까지 들어 올렸다.

"꺄악! 치사해!"

"한 사람을 여럿이서 괴롭히는 게 훨씬 치사하다고요!"

샨이 올라서기가 무섭게 환풍구 뚜껑이 닫혔다.

설마하니 드레스를 입고 여기까지 올라오진 않겠지.

"사다리! 사다리 가져다 주세요! 어서요!"

아아, 곱게 자란 귀족집 레이디들의 고집을 얕잡아봤다. 환풍구 내부는 생각보다 넓었다. 안은 무척이나 어두워서 도와 준 상대의 얼굴이 보이지 않았다.

"고맙습니다."

"하하하."

중성적인 목소리다. 여자라면 허스키하다고 불릴 법한 목소리고, 남자라면 미성이라고 불릴 법한 색깔 있는 목소리. 그가 말했다.

"괜찮아. 나도 팬이거든. 도와주는 게 당연하지."

"고맙습니다. 정말로 감사해요."

"아냐아냐. 아, 그래. 이것도 인연인데 출구로 안내할게. 엎드려서 가야 하는데 괜찮아?"

여기를 벗어날 수 있다면 엎드려서가 아니라 기어서 가라도 갈 것 같았다.

"부탁드려요."

"안내할게."

그/그녀는 환풍구를 따라 무릎걸음으로 나아갔다. 그를 따라 함께 붙어서 따라갔다. 그가 말했다.

"연극 재미있었어. 재미삼아 봤는데 마음에 들어서 세 번이나 연달아 봤지 뭐야."

에론 형과 같은 횟수다.

"용케 표를 구하셨네요. 암표도 10분 만에 다 팔린다던데."

"그래, 요즘은 암표를 또 더 프리미엄을 붙여서 판다며?"

"암표의 암표죠."

"이대로면 내일이면 암표의 암표의 암표가 생길걸? 모레면 암표의 암표의 암표의 암표가 생길 거고."

그 말도 안 되는 중간 유통 과정에는 분명히 단테스가 껴 있을 거다. 금화의 임금님 머리를 한쪽 방향으로 가지런히 배열하고 있을 단테스를 보니 한숨이 포옥 나왔다.

"아무튼 신기했어. 인간 중에 찬트를 아는 이가 있다니. 에녹이 가르쳐 준 모양이야. 그 하이엘프, 아무나 받지 않는다더니 결국 애제자에게는 마음을 허락했구나 싶더라고."

"에녹 교수님을 아세요?"

"응, 알아. 내 사람으로 만들고 싶었는데 학교 밖을 나가려 하질 않더라고. 실패했지, 뭐."

에녹 교수님은 신화급 영웅이다. 그를 자기 사람으로 만들다니 지독한 오만이다. 그러나 여기는 난다 긴다 하는 귀족들이 모이는 학교 아닌가. 충분히 오만할 수 있는 일이기도 했다.

"내가 갖지 못하면 다른 이도 갖지 못하게 하는 게 내

신조지만, 뭐랄까. 내가 폭군도 아니고 살아 있는 문화 유적을 부수는 것도 할 짓이 아니지 싶더라고. 그런데 그 사람의 제자가 있다니 놀랄 노 자지 뭐야?"

"엄연히 말하면 제자는 아니에요. 그냥 추가로 좀 더 가르쳐 주시는 거지. 그런 깊은 관계라고 할 건 없죠."

"에이, 찬트는 일인 직계로 알고 있는걸? 하이엘프는 이제 이 세계에 거의 남지 않았으니까 아마 근 백 년간 인간 중에는 너밖에 배운 사람이 없을 거야."

"그런 어마어마한 기술은 아니에요. 그냥 누군가를 조금 치료하고 축복하는 정도더라고요."

"아직 진짜 극의는 안 가르쳐 준 모양이네. 그래도 뭐, 시간문제지. 그래서 말인데 물어보고 싶어서."

환풍구는 어쩐지 점점 더 좁아졌다.

그의 목소리가 귓가를 텅텅 울린다. 과연 끝이 있기나 할까. 이대로 막다른 길 만나서 돌아가면 미칠지도 모르겠다. 그/그녀가 말했다.

"내 사람이 될래? 잘해 줄게."

"아, 저는 누구 밑에 가신으로 들어갈 생각은 없어요. 아니, 그 전에 기사라든가 그런 쪽은 아직 전혀 생각을……."

"기사가 될 필요 없어. 날 위해서 싸우라는 것도 아니야. 그냥 내 편이 되어 달라는 거야. 내가 원할 때, 내가 필요할 때 힘을 빌려 주면 돼. 대가를 줄게. 네가 원하면 누구보다 강해지게 해 줄 수 있어. 몸도 고칠 수 있을 거고 원한다면, 아 그래. 네 친우 율케스보다 강해지게 해 줄게. 너는 줄곧 그를 부러워했잖아."

어쩐지 대화가 이상하게 돌아간다. 대체 어떻게 이렇게 세세하게 알고 있는 걸까? 단순히 팬이라고 보기에는 어려웠다.

"아, 출구다."

그/그녀가 아래 환풍 뚜껑을 열었다. 먼저 내려가자 이쪽도 따라서 착지했다. 감사 인사를 해야겠다. 그리고 최대한 빨리 헤어지는 게 좋겠다.

거기까지 생각하고는 악수를 청했다. 후드 때문에 상대가 보이지 않았다.

"감사합니다. 아, 여자분이신가요, 남자분이신가요? 체구를 봐서는 남자분 같아 보이는데."

그가 후드를 벗었다. 익숙한 얼굴이었다. 순금으로 짠 듯한 긴 머리카락이 어깨 아래로 흘러내린다.

"류인 씨……?"

"하하하, 내 형제를 그렇게 불렀구나. 류인이라. 괜찮은 애칭이네."

그는 분명 죽었다. 샨의 팔 안에서 차갑게 식어 갔다. 티스에게 뒤를 부탁한다 하고는 먼 길을 떠났다. 그날은 비가 왔었고 피가 손에 함뿍 묻어났다.

샨이 물었다.

"쌍둥이 동생이 있다 했었죠."

"그래. 우리는 서로가 서로의 대용품이었지."

아아, 그를 어떻게 잊을 수 있을까.

한순간 그가 살아 돌아온 줄 알고 가슴이 내려앉을 뻔했다. 그가 죽은 것은 분명 병 때문이지만 그의 마지막은 샨이 함께했으니까.

"우니? 귀여운 아이구나."

"당신, 미쳤다고 하던데."

"그가 그렇게 말해? 너무하네. 이래 보여도 나만큼 뛰어난 이가 어디에 있다고. 거기다가 네게 선물도 줬잖아. 물론 너는 그 선물을 네 친우와 내 배다른 동생에게 줬지만."

폴룩스와 리젤. 두 마리의 드래곤이다.

"검은 갑옷의 기사가 일을 치고 갔다고 했죠. 세계가

멸망할 뻔했어요."

"세계라는 게 그렇게 쉽게 멸망하진 않아."

살기가 솟아올랐다. 그의 멱살을 붙잡으려는 순간, 샨의 등 뒤로 차가운 칼날이 닿았다.

"아, 미안. 내 호위들이 예민해서 말이야."

샨의 뒤로 어린 소녀가 인형처럼 서 있었다. 펑퍼짐한 로브를 입었기에 잘 보이지는 않았지만 분명 그것은 칼날이었다.

칼날이 샨의 허리를 바짝 누르고 있었다.

"죽이지는 말라고 했어. 넌 내 사람이 될 거잖아? 솜털 하나 다쳐서는 안 되지."

"류인 말이 맞았군요. 당신 미쳤어."

"그렇게 보여? 곤란하네. 가급적 천재라고 불러 주길 원했는데. 그래도 나는 이 세계를 위해 움직이고 있다는 것만 알아줬으면 좋겠어."

"이 세계? 최초의 불꽃을 부수는 일이?"

샨의 말에 그는 희미하게 미소를 지었다. 마치 현자와도 같았으나 어떻게 보면 광인과도 같은 미소였다. 그의 망막이 깊은 빛을 담았다. 분명 인간의 눈일진대, 그것도 악인의 눈일진대 그의 눈빛은 에녹 교수님과 너무나도 닮아 있었다.

"한 가지 확실하게 말해 둘게, 샤인 알테리온. 불행의 별 아래에서 태어난 꼬맹아. 나는 단 한 번도 이 세계를 포기한 적이 없어. 무지한 인간들이나 나를 폭군이라, 광인이라 일컫지만 언제나 내 마음은 이 세계를 위해 닿아 있단다."

"……."

"네가 티메리스의 손에서 벗어나 내 것이 된다면 말해 줄게."

"전 티스의 사람이 아닙니다."

"그런 의도로 한 말인 걸 정확히 눈치챘구나. 맞아, 너는 지금 티스의 것이지."

"친구일 뿐이죠."

류인은 와하하하 광소를 터뜨렸다. 류인과 똑같은 얼굴로 말하고 있지만 류인 황자는 아니었다. 그는 한없이 류인과는 다른 무언가였다.

인간이라기보다는 괴물에 가까웠고, 선인이라기보다는 악인에 가까운 그는 자신이 세계를 위하고 있노라, 자신의 사람이 되라 말하고 있다.

"등 뒤의 칼이라도 치워 주면 좀 더 설득력이 있겠는데요?"

"호오, 소문대로 그냥 맹탕은 아니네. 그 말버릇은 티스에게 배웠구나. 그 녀석 말꼬리 잡는 데는 옛날부터 귀신이었으니까."

그는 턱을 문질렀다. 이윽고 재미있는 아이디어라도 떠올랐는지 검지를 들었다.

"좋아. 선물을 줄게."

"받지 않겠습니다."

"쌀쌀맞은 친구네. 그렇게 매정하게 굴 건 없잖아? 이건 친목의 의미로 주는 거야. 아무래도 나는 티스처럼 너와 오래 만나진 않으니까. 너는 돈이나 권력으로 움직이는 아이가 아니니 달콤한 것으로 꼬시는 수밖에."

철컥.

손목에 금속 팔찌가 채워진다.

풀려고 손가락을 집어넣으려고 하자 그가 말했다.

"아, 억지로 풀면 손목이 날아갈 거야. 제아무리 에녹이라도 못 고칠걸? 안에 장치한 톱날이 완전히 갈아 버릴 테니까."

"……."

"그런 눈 하지 마. 선물이라고? 이게 어떤 힘을 갖게 될지는 곧 알게 될 거야. 아, 그래. 에녹이라도 만나 보는 게 어때? 그가 더 잘 알고 있는 물건이니까. 그러면…… 음…… 대답 기다릴게."

그는 몸을 팔랑거리며 멀어진다. 어디 귀족집 마나님 하나 낚으려는 제비와도 같은 움직임이다. 과거 류인과는 말굽자석의 끝 같은 느낌이다. 분명 서로가 서로에게 정반대일진대 그럼에도 뿌리는 같은 그런 것.

그의 모습이 행인들 속에서 완전히 사라지자 등을 누르고 있던 칼날도 사라졌다. 뒤를 돌아보니 어린 여자아이 모습을 한 호위병도 어디론가 없어졌다.

'백일몽이라도 꾼 것 같아.'

그러나 금속 팔찌만이 현실이라는 것을 말해 주고 있었다.

6.

"뭐야? 귀신이라도 만나고 온 표정이네."

아르고 형의 말에 샨은 슬프게 웃었다.

"반쯤은 맞네요."

죽은 류인 황자의 그림자를 본 셈이니까. 검은 갑옷의 주인이 누군지 알게 되었으니 그냥 웃음밖에 나오지 않았다. 하긴 입학 첫날부터 검은 갑옷의 남자가 카이를 노리지 않았나. 덕분에 학기 초부터 몇 번 죽을 뻔도 했고.

'이런 방식으로 알게 될 줄은 몰랐어.'

영웅 소설처럼 마지막의 마지막 순간에 흑막이 나타나서 '짠! 사실 모든 원흉은 나였습니다!' 라고 말해 주길 기대한 걸까.

절대로 열어서는 안 되는 상자를 내 의사와 상관없이 누군가가 벌컥 열어 버린 느낌이다.

'몰랐던 때로는 돌아갈 수 없다고 했지.'

어차피 조만간 다시 만난다고 했다. 아르고 형이 물었다.

"그 팔찌는 뭐냐?"

샨은 소매를 당겨 팔찌를 숨긴다.

"팬이 선물해 준건데 별거 아니에요."

형을 이런 일에 끌어들이고 싶지 않았다. 거기다가 그도 샨보고 팬이라고 말했으니 엄연히 말해 틀린 말은 아니기도 하고.

'그러고 보면 에론 형은 순수하게 류인 황자 때문에 연

극에 온 걸까?'

그런 거물이 학교에 들어오는데 에론 형이 모를 리가
없었다. 호위를 하든 감시를 하든 그런 이유일 거라고 생
각했다.

이튿날, 에론 형이 학교를 떠났다는 이야기를 건너건너
들었다.

잠시 휴직한 건지 아니면 완전히 사표를 쓴 건지는 알
수 없었지만 숙소와 연구실은 깨끗하게 정리된 상태라고
했다.

그리고 축제가 끝난 직후.

에론 형에게서 한 통의 편지가, 샨 앞으로 도착했다.

Chapter 5

재능의 발현

1.

축제는 성황리에 끝났다.

축제 마지막 날에는 좌석에 제한 없이 입장료를 받지
않고 공연하기로 했다. 음식과 음료 쪽 마지막 재고까지
다 털어 버리겠다는 단테스의 의지다.

크롬이나 넬, 그리고 에녹 교수님도 연극을 보러 오기
로 해서 샨은 부쩍 긴장했다. 반면 다른 이들은 이미 숱
하게 선보인 연극이다 보니 슬슬 노련해지기 시작했다.

이제야 대본 다 외웠는데, 외우자마자 끝난다고 툴툴거
리는 친구들도 생겼다. 샨은 무대 커튼 뒤에서 객석을 바

라보았다.

혹시 에론 형이나 류인 황자가 올까 싶었기 때문이었다. 류인 황자는 왜 축제에 온 걸까. 설마하니 단순히 놀러왔을 것 같지는 않았다.

마침내 차례가 와서 노래를 불렀다. 노래가 끝난 이후 몇 번이나 앵콜이 울렸다. 샨은 관객들이 만족할 때까지 다시 나와 노래를 불러 주었다.

남 앞에서 자신을 이토록 선보일 기회는 한 번도 없었다. 그랬기에 뜻깊은 시간이라고 생각했다. 공연을 끝내고 친구들과 맛있는 것을 먹고 하루 종일 놀러 다녔다.

그리고 돌아와서 푹 잠에 들었다.

그것뿐이었다.

눈을 뜨니 티스가 피투성이로 침대에 누워 있었다. 겨우 지혈은 한 모양이었지만 소독조차 제대로 하지 않았는지 곪은 곳이 보였다.

"여어, 샨."

"어젯밤에 여자 만나러 간다고 하지 않았어?"

"그렇게 됐다. 으그극!"

앞에서 한 번 찔린 후에 뒤에서 다시 한 번, 그 뒤로는 팔에 상처가 나기 시작한 걸 보니 그걸 기점으로 공방이

오간 모양이다. 무기를 봐서는 두 사람이 공격했다. 하나는 더전(dudgeon), 이른바 불알단검이라고 불리는 무기고 하나는 네모지게 푹 파인 상처를 보니 스틸레토(stiletto)다. 둘 다 암살자들이 즐겨 사용하는 무기.

상처를 보니 내장 안 흘러나온 게 용하다 싶다.

"괜찮아? 이번에도 암살이야?"

"아아, 응. 별거 아닌 잔챙이였어. 아, 어쩐지 그 여자 너무 예쁘더라. 그 몸매가 운동하지 않으면 나올 수 없는 몸매였는데."

구급상자를 꺼내 소독약과 겸자를 찾는다.

"혹했어?"

"혹했지."

보아하니 새벽까지 싸우다가 들어온 모양이다. 살아 있는 게 용하다. 심한 상처만 어떻게든 압박해서 지혈만 하고는 기절하듯 쓰러진 모양이다.

"방심했어. 요즘 후계자 싸움이 심해지고 있는데."

"폐하께서 건강이 날이 갈수록 안 좋아진다지."

티스가 웃통을 벗자 샨은 티스의 상처를 다시 벌린다.

"크윽!"

"참아. 뭘 잘했다고."

이제는 제 친구를 타박하기도 한다. 처음 봤을 때 인형 같았던 그 성격이 떠올라 티스는 고통 속에서도 웃었다.

어설프게 상처가 아물면 곪는다. 샨은 고름을 모두 닦아내고 소독약을 부었다. 피가 다시 새어 나온다. 붕대로는 무리고 아무래도 꿰매야겠다. 진통제를 꺼내 티스에게 건넨다.

"술로 줘."

"없어. 그런 거."

"의료용 알코올이라도 줘."

"위 구멍 난다."

샨은 그렇게 말하면서도 티스에게 병을 건넨다. 티스는 그걸 물에 희석시키지도 않고 꿀꺽꿀꺽 삼켰다.

"아, 젠장. 존나 맛없어!"

"욕 좀 하지 마."

그걸 신호로 티스의 등을 꿰맨다. 티스는 침대의 철 장식을 붙잡으며 신음을 참는다. 샨이 말했다.

"에녹 교수님께 가 보지 그랬어. 나보다 치료 잘하실 텐데."

"치료 잘하시고 정학 먹이겠지."

"아, 맞다. 너 외박 금지였지."

말하면서도 샨의 손은 빠르게 상처를 꿰맸다. 보통이라면 상대가 아플까 싶어 손에 망설임이 있을 법도 한데 손은 전혀 느려지지 않는다. 싸우는 사람의 몸에 맞게 근육과 힘줄, 그리고 혈관을 고려해 꿰맨다.

티스가 쥐고 있던 철 장식이 휘어졌다. 대단한 악력이라고 샨은 생각했다. 동시에 이걸 참는 것도 대단한 인내심이라고 생각했다.

고통이 싫으면 그냥 마취약을 먹으면 된다. 그러나 양귀비를 가공해서 만든 약이다. 먹고 나면 하루 정도는 머리가 어지럽다.

그걸 알기에 샨은 굳이 권하지 않았다. 어차피 티스는 거절할 것이리라.

"몸 돌려. 배도 꿰매야 해. 내장은 안 흘러나왔어? 내장 파열됐으면 그냥 에녹 교수님 만나는 게 좋아. 장 유착이나 내출혈, 감염증 같은 건 내가 어떻게 할 수 있는 게 아니니까."

"야, 나 에녹 교수님에게 가면 정학이라고. 누적 많아서 재수 없으면 퇴학당할지도 몰라."

대체 이 친구는 왜 이러고 사는 걸까. 한숨만 나온다. 샨은 손목을 탁탁 털더니 침대에서 몸을 일으켰다. 그러고는 문을 향해 성큼성큼 걸어갔다. 티스가 말했다.

"애기야, 너 에녹 교수님 데려오려는 거지?"

"아니라니까."

율케스는 자리에 없다. 언제 돌아올지는 모르겠지만 샨은 방문을 잠갔다. 혹시라도 방해받는 일이 없도록 하기 위해서다.

"뭐 하려고?"

"뭐 하긴. 하나 뿐인 악우(惡友) 치료해 주려고 하지."

"악우라니. 애기 많이 컸다?"

마지막으로 용 침대에서 카이와 리젤이 잘 자고 있는지 확인했다. 다행히 하루에 20시간을 잠으로 보내는 드래곤답게 두 마리 모두 곯아떨어졌다.

이걸로 방해하는 이는 완벽하게 없다.

샨은 다시 자리를 잡았다.

"상처 뜯는다. 얼마나 깊어? 확실하게 말해."

"내장 조금 흘러나올 뻔했어. 밖으로는 안 나왔다."

"공기 접촉은 했다는 거네. 포션은 썼어?"

"자기 전에 급하게 썼다."

"내장 위치는 맞추고 썼어?"

그 말에 티스가 뺨을 긁적였다.

"원래 쏟아지지만 않으면 위치는 안에서 알아서 맞아 들어가지 않나?"

말은 잘한다.

샨은 도로 일어나 티스의 침대 매트를 들췄다. 거기 밑에 깔려 있는 단검 하나를 꺼낸다.

"아주 자기 물건이다?"

"같이 산 지가 얼만데. 네가 무기 숨겨 놓은 곳은 이제 다 알지."

그리 말하고는 촛불에 단검을 지진다. 이번에는 아까 조금 상처를 벌려 놓은 것과는 차원이 다르게 깊이 들어가야 한다.

암살자 놈들이 평소에 칼날을 소독하고 다녔을 리도 만무하고 이대로면 100% 감염증으로 간다.

'하아, 나는 왜 에녹 교수님 같은 초능력이 없어서.'

왜 만지기만 해도 새살이 돋아나는 그런 권능이 없어서 이 고생을 한단 말인가. 그런 힘 있으면 외과 지식 따위 아무래도 상관없는 거 아니던가.

샨은 맨손으로 산에 구멍을 뚫는 형과 아버지에게 품는 자괴감을 똑같이 느끼고 만다. 왜 나는 앉은뱅이를 일으키지 못하고 소경의 눈을 못 뜨게 한단 말인가.

"다시 물어볼게. 진짜로 진통제 안 먹을 거야?"

티스는 철 장식을 쥔 손에 힘을 주었다.

"안 먹어."

"재갈이라도 물어. 악물면 이 상한다."

"그냥 해. 새삼 뭘 물어봐."

에라, 모르겠다. 죽기야 하겠어. 샨은 그대로 칼로 상처를 벌린다. 어설프게 포션을 사용해서 상처가 잘못 아문 게 더 문제다. 한 번 아문 부위를 다시 뜯어서 원래 자리로 정착시켜야 한다.

으드드득!

칼이 상처를 가르며 기괴한 소리를 냈다. 티스의 팔에 힘줄이 격한 요철을 만든다. 그럼에도 비명 하나 지르지 않고 버틴다. 제아무리 강성한 무골을 가진 사람도 이런 고통은 참지 못한다. 그러나 이 청년은 입 안에 흐르는 제 피를 삼키며 신음 하나 내뱉지 않았다.

마치 티스 안에는 작고 단단한 백색왜성 있어서 고통이든 기쁨이든 슬픔이든 모두 자기 안으로 끌어당기는 것 같았다. 스스로를 끊임없이 당기는 별처럼 비명 하나 밖으로 나오지 않도록.

샨은 상처를 마지막까지 뜯어냈다. 그러고는 소독하고

장기를 원래 위치로 돌린다. 이어서 봉합도 없이 티스의 상처 위를 누른다.

"크윽, 뭐 하는……?"

티스가 샨의 옆에 있는 붕대 가위를 쥔다. 혹여 샨이 배신이라도 했을까 의심했기 때문일까. 티스의 새빨간 눈이 고통 속에서 비정으로 물든다.

샨이 속삭였다.

"가만히. 괜찮아."

놀랍게도 샨의 입에서는 작고 깊은 노래가 흘러나왔다. 오래된 약속의 언어가 샨의 입 밖으로 번지자 마나가 빛이 되어 샨의 손으로 모여들기 시작했다.

샨은 가슴속 깊은 곳에 있던 숨결을 꺼내 음을 만들었다. 최초의 창조신이 이 세계를 창조했을 때 한 약속들이 마나를 타고 티스를 치료하기 시작했다.

자신의 마력을 쓸 필요는 없었다. 그저 공기 중에 있는 마력이 스스로 움직일 뿐이니까.

신성 마법보다 성스럽고 자연 마법보다 순수한 빛이 티스의 몸을 빠르게 치료했다.

음이 음을 타고 공기를 물들인다.

무대에서 불렀던 노래는 그저 어린아이의 장난일 뿐이

었다. 진짜 음은 사람의 혼을 빼 놓기에 충분했다. 빛이 스며들고 스며들었다.

티스는 어쩐지 어머니의 목소리가 떠올랐다. 기억나지는 않지만, 아마 평생 기억날 리는 없지만 그녀가 살아 있다면 이런 목소리로 자장가를 불러 주지 않았을까. 티스는 생각한다.

고통이 잦아든 덕분일까.

티스의 눈가에 눈물이 한 방울 미끄러졌다.

마침내 샨의 노랫소리가 잦아들었다.

"미안, 아직 미숙해서 좁은 범위밖에 못 해."

샨의 얼굴은 백짓장처럼 창백하게 질렸다. 이마에서 식은땀이 흐른다.

이래서야 오히려 환자는 저쪽이다. 티스는 작게 생각한다. 티스는 그제야 가위에서 손을 뗐다.

"미안하다."

"아냐, 어쩔 수 없는 거니까."

잠시나마 친우를 의심했다. 아무리 제정신이 아닌 상황이었고 늘 배신을 당하는 환경에서 자라왔다고는 해도 샨을 의심했다는 사실은, 여차하면 샨을 찌르려고 했다는 사실은 변하지 않는다. 그러나 샨은 거즈를 알코올로 적

셔 상처를 몇 번 더 닦고는 티스의 몸에 붕대를 단단하게 감았다.

"찬트를 썼다고는 해도 에녹 교수님만 못할 거야."

"그게 찬트야? 찬트라고 불러?"

"응. 엘프들이 사용하는 마법이 깃든 노래라고 하더라고."

마지막 마무리까지 끝내자 샨은 티스의 위에 그대로 쓰러졌다. 티스가 기가 막혀서 웃었다.

"애기야. 네가 나가떨어지면 어쩌냐."

"기력을 너무 많이 소모했나 봐. 나도 진짜 환자한테 써 본 건 처음이라서."

그 말을 끝으로 샨은 뒤처리도 하지 못하고 그대로 탈진했다.

티스는 문득 아직도 한 손으로 침대 장식을 쥐고 있다는 사실을 깨달았다. 손을 떼니 기괴하게 뒤틀려서 부러지기 일보직전이다.

"아, 모르겠다. 젠장."

생살을 칼로 후비는데 여기까지 버틴 게 기적이다.

티스는 그 말을 끝으로 샨을 따라 정신을 놓았다.

2.

꿈을 꾸었다. 기억도 안 나는 아주 어릴 적의 꿈.

티스는 누군가가 자신의 요람을 흔드는 것을 느꼈다. 새하얀 손이었다. 누구의 손일까. 티스는 한참이나 생각에 잠겼다. 자장가 소리가 들렸다.

왠지 기분이 좋아서 티스는 그대로 눈을 감고 잠이 들었다.

꿈속의 꿈.

눈을 뜨니 주변이 깨끗하게 정리되어 있었다. 샨은 구급상자를 정리하며 노래를 흥얼거리고 있었다. 샨은 인기척을 느끼고 티스를 돌아보았다.

"일어났네?"

"응. 덕분에 개운해."

"다행이다. 내일까지 못 일어날 줄 알았어. 내일부터는 수업 다시 해야 하니까, 결석계를 대체 뭐라고 써야 할까 고민했거든."

이 와중에도 출석이 걱정되는 모양이다. 티스가 물었

다.

"안 무서웠어?"

"뭐가?"

"가위로 찌르려고 했잖아."

"……."

샨은 더 이상 말을 잇지 않았다. 그저 조용히 손을 움
직일 뿐이었다. 티스는 어쩐지 초조해졌다.

"정말 안 무서웠냐?"

"무서웠지."

"그런데?"

"그런 것보다 네가 죽는 게 더 싫었어."

어쩐지 맥이 탁 풀렸다. 샨은 그런 녀석이었다. 머리
굵어진 척하고 냉정한 척 받아쳐도 결국 본질은 변하지
않는다.

"바보구나. 꼬맹이."

샨이 뺨을 부루퉁하게 부풀린다.

"이 시기에 여자가 좋다고 냅다 학교 밖으로 혼자 나간
네가 더 바보다. 누가 외출을 하지 말래? 율케스와 다니
면 좀 좋아."

"율케스는 밤새 티 파티 끌려다녔잖아. 알면서 왜 그

래?"

그건 그렇다.

어떻게든 도망친 샨이나, 오히려 여자를 찾아 꽃밭을 헤맸던 티스와는 달리 율케스는 그녀들에게 매우 좋은 먹이였다. 샨이 뺨을 긁적였다.

"그런데 아직도 안 돌아오네."

"설마 죽이기야 하겠어. 머리카락이나 좀 뜯어 가고 말겠지."

거기까지 말하고는 샨과 티스 둘 다 몸을 부르르 떨었다. 차라리 암살자를 상대하고 배를 몇 방 찔리는 게 더 나았으리라고 티스는 생각했다. 아마 율케스도 같은 생각이리라. 티스가 물었다.

"아, 문 잠근 건 풀었어?"

"일어나자마자 풀었어."

아니나 다를까 문이 열렸다. 율케스였다.

대체 무슨 고초를 당한 걸까. 율케스의 얼굴은 한 십 년은 더 늙어 보였다. 샨이 어색하게 인사했다.

"아, 안녕."

"……."

율케스는 대답하지 않았다. 그저 비척비척 자신의 침대

를 향해 걸어가더니 그대로 그 위에서 기절했다. 율케스의 옷에는 누구 것인지 모를 립스틱 자국들이 즐비했다.

티스가 버럭 화냈다.

"부럽다! 혼자 즐기냐!"

샨은 그런 티스의 엉덩이를 발로 찼다.

3.

축제가 끝나고 외부인들 통제를 막기 시작하면서 확실히 극성팬들이 줄어들었다. 거기다가 축제 특유의 광적인 열기도 사라지고 나니 하나둘, 본래 모습으로 돌아오기 시작했다. 머리카락을 잡아 뜯겠다고 함께 달려오던 여학생도 샨에게 쿠키를 만들어 수줍게 건네는 정도 선에서 조절되고 있었다.

'다행이지. 다행이야.'

군중심리라는 게 참 무섭다. 한 사람이 브레이크를 걸어도 나머지가 액셀을 밟아 버리면 결국 분위기를 따라 전부 돌진해 버리는 거다.

'그래도 공연도 끝났으니, 뭐.'

아무리 잘 나가는 스타도 공연 없이는 한 달이면 몰락한다는 게 요즘 세상 아닌가. 정식 공연도 아니고 그래봤자 학교 축제.

'금방 잊히겠지.'

샨은 거기까지 생각하고는 에녹 교수님을 찾아갔다.

이번에는 식당에서 치즈 스콘을 얻어왔다. 단 것을 좋아하지도 않고, 사치스러운 음식도 마다한다. 먹는 거라고는 차와 푸성귀 조금뿐.

여색을 즐기지도 않고 술을 자주 먹지도 않는 이 인간이 즐기는 거라고는 뭐가 있을까 싶어 궁리한 끝에 도달한 답이 치즈다. 치즈 스콘도 별로라고 한다면 어쩔 수 없다. 그냥 깨끗이 포기하는 수밖에.

신전에 들어가니 교수님이 먼저 와 계셨다. 차가운 저녁 공기를 받으며 조용히 담배를 태우던 교수님은 짤막하게 인사했다.

"왔군."

이 정도로 많이 봤다면 좀 살가운 티를 낼 법도 하건만 교수님은 도통 웃질 않는다. 샨은 비품실에 들어가 접시와 찻주전자를 꺼냈다.

빛의 신답게 신전에 있는 대부분의 비품들은 은으로 되

어 있다. 그것도 언제나 바로 사용할 수 있도록 반짝반짝 닦아 놓는다.

'그래도 차 끓이기에는 도기가 좋지.'

은은 금방 그릇이 뜨거워져서 주전자로 쓰기에는 별로다. 샨은 도기 주전자와 도기 잔을 찾는다. 교수님이 오랫동안 사용해 온 물건으로 겉으로는 단아해 보이지만 자세히 보면 표면에 나뭇잎이 하나하나 섬세하게 묘사되어 있다든가 안쪽은 새하얀 백자지만 찻물을 따르면 숨겨진 꽃잎이 보인다든가 하는 그런 물건이다. 어느 나라 귀족이 저택에다가 장식해 놓으면서 이게 얼마나 귀한 물건인 줄 아냐고 호통을 땅땅 칠 거 같은 느낌.

다기도 그런 귀족가에 가기보다는 매일매일 자신을 소중히 아껴 주고 사용해 주는 주인을 더 원할 것 같다.

차를 다 끓이고 교수님께 건넨다.

교수님은 한 입 마시고는 갓 구운 스콘에 손을 가져다 댄다. 한 입 삼키더니 말했다.

"나쁘지 않군."

'나쁘지 않다'는 말이 '좋다'는 말인지, 말 그대로 나쁜 것보다는 좀 더 나은 느낌인지, 애매하다. 샨이 살짝 이마를 찌푸린다.

"내 눈치를 볼 건 없다. 샨 알테리온."

솔직하게 직구를 날리기로 했다.

"교수님의 입맛에 맞으신지 모르겠습니다."

"엘프는 보통 차나 과일을 즐기곤 하지. 불에 닿은 음식은 별로 좋아하진 않는다."

"그래도 스콘은 꼭 챙겨 드시잖습니까?"

"겨울에 제철에 맞는 과일 구하는 게 쉬운 일이라고 생각하나."

네, 그러십니까. 까다로운 엘프를 몰라봬서 죄송하네요. 샨이 살짝 뾰루퉁해지자 교수님이 그제야 작게 웃었다.

"치즈는 싫지 않은 편이다."

"그 싫지 않다는 뜻은……?"

"즐긴다는 뜻이지. 엘프도 우유를 발효시킨 것 정도는 먹으니까."

이런 말을 들을 때마다 문득문득 그가 인간이 아니라는 걸 깨닫곤 한다. 뒤집어서 말하면 그는 너무나도 인간과 비슷한 엘프라서 그가 다른 존재라는 사실을 망각하게 만든다.

그는 남자다운 체구와는 정반대로 치즈 스콘을 토끼처럼 우물우물 씹어 먹었다. 한 번에 작게 먹는데 끊임없이 먹는 그런 느낌이랄까.

'이야, 앞으로 자주 구워 와야겠네.'

보고 있으니 보람을 느낀다.

에녹 교수님이 말했다.

"공연은 괜찮더군. 긴장한 것치고는 음정이 가지런했어."

"그런가요?"

"그런데 어째서 목소리에 마력이 모이는 걸 통제하질 않는 거지? 마력에 민감한 종족이라면 네 녀석이 최면이라도 거는 줄 알겠다."

"쿨럭, 쿨럭!"

샨은 그대로 차가 목에 걸려 기침했다.

"최, 최면이요?"

"찬트를 어설프게 다른 언어로 쓰면 기초 매혹 마법이 되지."

'그으……랬구나! 어쩐지 이상하더라!'

그렇다는 말은 여태까지 공연 내내 매혹의 페로몬을 사방에 뿌려 댔다는 뜻이다. 하루에 3타임씩 계속해서! 어찐지 한 번 들은 사람들이 계속 들으러 또 오고, 또 오고! 암표값은 계속 올라가고! 왜 단테스 군이 현금 다발 속에서 헤엄을 쳐 댔는지 알 것 같았다.

'나는 사기 공연을 했던 건가!'

이게 무슨 약 팔이 공연도 아니고, 상상만 해도 얼굴이 붉어진다.

그래도! 잠시나마! 좀! 실력이! 있어서! 사람들이 모였던 거라고! 생각했다!

울고 싶어졌다. 할 수만 있다면 신전 지하에 100미터 정도 굴을 파고 그 안에서 지구가 멸망할 때까지 숨고 싶어졌다.

샨의 표정을 읽고는 에녹 교수님이 담담하게 말했다.

"물론 노래 자체가 좋았기에 가능한 일이었다만."

"그 이야기는 그만……하죠."

"문제를 회피하는군, 샨 알테리온. 나쁜 버릇이라고 과거 말한 적 있을 텐데?"

이 문제는 다르잖습니까. 존엄성이 걸린 문제라고, 이 목석 엘프야!

샨은 당장이라도 도망치고 싶은 마음을 찻잔을 틀어쥐며 견뎠다. 그랬다. 이것 역시 수행이었다. 용사는 무치

(無恥)라고 하지 않던가. 선행을 하든 악행을 하든 부끄러움 따위 없어야 용사라고.

'아니, 용사가 아니라 왕이었던가?'

이제 와서는 아무래도 상관없다.

"그리고 에론 경에게서 편지와 소포가 왔다."

"교수가 아니라 경입니까?"

"오늘자로 학교에 사표가 도착했다. 학장이 아직 수리하지는 않았지만, 뭐 시간문제겠지."

편지를 받으려고 손을 뻗는데 옷자락 사이에서 팔찌가 모습을 드러냈다. 그 순간 교수님이 손목을 틀어쥐었다.

"이건?"

손가락 하나 들어가지 못하도록 단단히 조여 있는 형태다. 빛을 받으면 알 수 없는 문자들이 반사되는데 교수님의 미간이 좁혀졌다.

"아, 저…… 편지부터 읽을까요? 아니면 설명부터 해야 할까요?"

말하자면 참 길지 말입니다. 교수님은 그제야 손을 뗐다.

"우선 읽어라. 말하는 건 그 다음."

왠지 이쪽이 죄진 거 같다.

편지는 꽤나 얇았다. 에론 형이 늘 보내는 길고 **빽빽한** 그런 편지가 아니었다. 다급하게 휘갈겨 쓴 세 개의 단어로만 이루어져 있었다.

미안하다, 그리고 조심해라,

무슨 말일까. 너무 짧아서 짐작되는 게 너무 많을 지경이다. 에론 형은 엄연히 말해서 샨에게 광적인 민폐를 몇 번이나—사실 수백 번이나—끼친 적이 있었고, 샨 자신은—티스의 말을 빌리자면—숨만 쉬면 위험으로 끌려들어 가는, 이른바 '위험 자석'의 소유자다.

그러다 보니 당연하게도…….

'대체 무슨 일을 말하는 거지? 적어도 주어는 말해 줘야 할 거 아니야!'

많다. 너무 많다! 이 중에 대체 뭘 어떻게 고르라는 건지 알 수가 없다. 그 정도다!

샨은 머리를 쥐어뜯었다.

"소포는 여기 있다. 급하게 보낸 것치고는 엄중하게 묶어 놨더군."

길쭉한 무언가다. 표면에는 봉인 마법진을 그린 끈이

미라처럼 칭칭 감겨 있다. 이 정도 상급 마법이면 일급 도둑도 열지를 못할 거고 용암에 담갔다가 꺼내도 멀쩡하게 물건이 보존될 거다. 그 정도의 물건이다.

"피 한 방울 떨어뜨리면 될 거다."

교수님의 말에 샨이 물었다.

"이거 수업시간에 배웠는데 처음 봉인하려면 봉인자의 피가 필요하지 않아요? 같은 피만이 열 수 있다고."

"그래."

"그러면 이걸 봉인하는 단계에서 제 형이 사람을 시켜서 제 피를 썼다는 건데. 잠깐만, 대체 언제 피를 가져간 거지?"

뒷목을 타고 소름이 오도독 돋아났다. 머리카락이나 체모 같은 건 침구류만 찾으면 될 일이다. 그러나 피는 다르다. 일단 상처를 내야 나오는 게 아닌가. 그리고 혈액이라는 게 공기에 오래 노출되면 딱딱하게 굳는다. 그렇다는 건 그 핏방울을 채취한 후 빠르게 특수 시약병에 담가 공기 노출을 막은 후 보존 마법을 걸어야 한다는 거다.

에녹 교수님이 말했다.

"네 형이다. 샨."

"네."

"무슨 질문이 더 필요한가."

"그건 그렇죠."

비명이라도 지르고 싶은 마음을 억누르며 샨은 피를 떨어뜨렸다. 그러자 봉인의 매듭이 스스로 풀린다. 그리고 그 안에서 나온 건 두 자루의 검이었다.

"단검보다는 조금 더 크고."

"소도(小刀)군. 처음부터 두 자루로 만든 걸 보니 쌍검용인가."

검집 위로 은빛 달이 질주한다. 예장용이라고 해도 믿을 정도로 화려한 형태다.

검을 뽑아보니 구릿빛과 비슷한 칼날이 모습을 드러낸다.

"멘탈리움으로 만든 검인가?"

"멘탈리움이요?"

"미스릴이나 드래곤 본처럼 유명한 금속은 아니지. 하지만 쓰기에 따라서는 그것들 이상으로 성능을 낸다. 멘탈리움 소드는 소유자의 정신에 동조한다. 칼날의 날카로움, 금속의 단단함 모두 소유자의 정신 상태에 크게 좌우되지. 딱 알맞은 검을 준비했구나."

"제 정신에 공유한다고요?"

"그래. 검 장식에 박혀 있는 보석은 아마 네 피를 넣어 담금질했을 거다. 네가 누군가를 죽이고자 한다면 딱 그만큼 날카롭고 단단해질 거고, 네가 그럴 마음이 없다면 뭉툭하고 연해지겠지. 딱 널 위한 검이라고 할 수 있다."

"제 피를 여기다가 박았다고요? 형이? 아, 아니 그건 이제 아무래도 상관없네요."

샨은 작게 한숨을 쉬었다. 검을 들고 손가락을 쓸었다.

놀랍게도 살은 전혀 베이지 않았다. 이번에는 베고 싶다, 자르고 싶다는 마음으로 살을 쓸자 곧바로 살이 찢겨 나갔다.

"이렇게 놀라운 금속인데 어째서 여태 몰랐죠?"

"너 같은 놈 외에는 쓸모가 없기 때문이지."

"……."

"다시 말하지만 샨 알테리온, 검은 누군가를 죽이기 위해 있는 거다. 자신의 소중한 무언가를 지키기 위해 타인을 베는 데 쓰는 무기다. 네놈처럼 무른 자식 외에는 이런 금속 찾는 놈 없을 거다. 전설의 금속이나 시 서펜트 같은 마수의 뼈나 찾겠지."

신랄하다. 하지만 틀린 말은 아니었다.

이건 누군가를 죽이는 게 싫은 사람을 위한 거다. 아니, 처음부터 리오 형처럼 초고수도 아닌 놈이 '타인을 공격해야겠지만 누군가 다치는 건 싫어요.' 라고 말한들 공허한 메아리다.

몽상가의 이상론일 뿐이다. 알고 있지만 샨은 포기할 수 없었다.

"에론 형은 존중해 준 거네요. 제 이상을."

"그렇게 좋게 평가할 수 있는 것도 능력이구나, 샨 알테리온. 아니, 네가 그런 성격이라 네 형의 성미를 참아 주고 있는 거겠다만."

대체 뭐가 불만이라는 걸까. 샨은 뺨을 부풀렸다. 교수님이 말을 이었다.

"이건 족쇄다. 너는 이제 이 검을 제외하고는 어떤 것도 쓸 수 없겠지. 소도를 사용한 쌍검은 급소를 노린 살검(殺劍)이 많아. 방어적인 검을 사용하려면 차라리 창이나 롱소드를 사용하는 게 맞지. 누군가의 급소를 공격하면서 죽이지는 않아도 된다? 네가 단 한 번이라도 살의를 가진다면 상대는 죽는데?"

"……."

"상식적으로 생각하자. 상대는 널 죽이려 하고, 너는

필사적으로 놈의 공격을 받아치는데, 단 한 번도 살의가 안 실릴 거라고 믿나? 애초에 사람의 무의식이라는 게 그렇게 통제하기 쉬운 물건이라고 생각하나?"

교수님은 딱 잘라 이 물건을 품평했다.

"이건 악마의 주사위다. 만약 네 검이 너의 무의식을 읽고 사람을 죽인다면 너는 인정할 수밖에 없겠지. 네가 원해서 누군가를 죽인 거라고. 그걸 에론 알테리온이 염두에 두지 않았을까? 과연?"

샨의 입이 단호하게 굳어진다.

"그런 건 아니라고 생각합니다."

그 말에 교수님은 차 대신 담배를 입에 물었다.

"그러면 너는 계속 그걸 믿어라. 나는 내가 믿는 걸 계속 믿을 테니."

그 말을 끝으로 교수님은 그 검과 에론 형에 대해 더 이상 품평하지 않았다.

"이거 봉인 다시 사용할 수 있죠?"

"사용이야 가능하다만 열 때는 다시 네 피가 필요하겠지."

샨은 곰곰이 생각하다가 허리춤에 걸린 알테리온 소드를 꺼낸다. 어차피 자신은 쓰지도 못할 검이다. 그렇다고

재능의 발현 221

아버지는 결코 이 검을 받아 주지 않는다. 그렇다면 에른 형을 위하는 게 좋지 않을까.

"드래곤 슬레이어를 소포로 보낼 셈인가?"

"이 정도 봉인 장치면 꽤 안전하기도 하고, 누가 드래곤 슬레이어를 소포로 보낸다고 생각하겠어요. 어차피 우리 가문 사람 아니면 쓰지도 않을 거."

샨은 그렇게 말하며 다시 포장을 하고 매듭을 지었다. 아카데미에서 기본적은 봉인 매듭은 배웠다. 두 종류의 끈을 정해진 절차에 따라 매듭으로 묶으면 그것만으로도 하나의 마법이 된다. 샨의 경우 기본적인 것뿐만 아니라 응용적인 부분까지도 예습해 놓았다.

꽤 야무진 손으로 매듭을 짓는 샨을 보며 에녹 교수는 혀를 찼다.

"저래서 미련을 못 버리는 거지."

"무슨 미련이요."

"샨 알테리온, 너는 지금 네가 네 무덤을 만들고 있다는 거다. 알고 있나?"

"형한테 소포를 보내는 게 대체 무슨 무덤입니까?"

"원래 집착하는 사람을 내쫓고 싶으면 처음부터 단칼에…… 아니다, 됐다. 이미 여기까지 일을 키웠는데 무슨 상관이겠나. 에론 경의 사표나 어서 수리되길 바라야지."

그리 말하며 독한 담배 연기를 푹푹 빨아들인다.

'콱! 폐암이나 걸려 버려라.'

이렇게 말해도 알고 있다. 엘프는 폐암 및 후두암에서 자유로운 종족이라는 걸.

원래 담배 많이 피는 사람은 치석이라고 해야 할지, 담배 때라고 해야 할지 이빨도 노래지고 보기 흉하게 변한다. 그러나 에녹 교수님은 엘프라 그런 것도 안 낀다.

'내세에는 엘프로 태어나든지 해야지, 원.'

매듭을 묶고 마지막으로 피를 한 방울 더 떨어뜨리자 봉인이 복구된다. 봉인을 열기 위해서는 다시 피를 떨어 뜨려야겠지만 에론 형이라면 피 한 방울쯤은 더 가지고 있지 싶다.

'대체 어디서 구했는지 알 수 없지만 말이지.'

혹시 자고 있을 때 바늘로 찌른다든가? 그런데 보통 피가 날 정도로 찌르면 깨지 않나?

생각하면 할수록 더 미스테리다.

"이거, 에론 형에게 다시 보내 주세요. 포장으로 감아 놓은 상태니까 옮기는 것만이라면 지장 없을 겁니다."

"그거보다 먼저 해야 할 말이 있을 텐데?"

에녹 교수님이 턱으로 팔찌를 가리킨다.

"우선 소포부터요."

"선후 관계가 바뀌었군. 사실을 말하면 도와주마. 그리고 내 예상이 맞다면 너는 내 바지를 붙잡고 늘어지는 한이 있더라도 도움이 필요할 터."

윽, 정곡이다. 그렇다고 해도 여기서 밀릴 수는 없다. 학생들이 쓰는 우편 드래곤과 교수님들이 쓰는 우편 드래곤은 속도부터가 다르다. 거기다가 교수님 말하는 걸 보아하니 에론 형에게 소포를 보내는 게 별로 내키지 않아 보인다.

'두 사람은 워낙 상극이기도 하고.'

단 것을 사랑하다 못해 제 손으로 만들기 시작한 에론 형과 인생의 낙이 쓰디쓴 차와 치즈, 과일밖에 없는 에녹 교수님은 동전의 양면 같다.

'그럼에도 두 사람의 공기는 언제나 차갑게 가라앉아 있지만 말이지.'

교수님을 상대로 어설픈 거래는 안 된다. 샨은 교수님을 향해 검을 밀어 놓고는 입을 열었다.

"축제에서 만났습니다. 제 공연을 모두 보았다고 하더라고요. 믿기지 않으실지 모르겠지만 그분은 류인 황자였

습니다. 아니, 죽은 류인 황자 말고 뭐랄까, 쌍둥이 대체
품이라고 해야 할까요."

"……."

교수님은 대답 대신 눈을 감는다.

오래된 고목처럼 말이 끝날 때까지 생각 또 생각을 하
실 모양이다.

이야기를 마치고 에녹 교수님은 한참이나 눈을 감고 있
다.

담뱃불이 밑단까지 타들어 가는데도 미동도 하지 않고
그대로 연기만 태우고 있다. 저러다가 손가락 데는 거 아
닌가 싶었을 때가 되어서야 교수님은 눈을 떴다.

바닷빛 푸른색 눈동자에 빛으로 파문이 일었다.

"미안하게 되었군. 놈의 관심을 끌게 되었어."

"미안하다뇨! 덕분에 티스……."

"티스?"

무단으로 외박 나가서 사경을 헤매다 온 티스를 치료했
다는 걸 말하기에는 티스가 그동안 학교에 쌓아 놓은 벌
점 포인트가 너무도 많았다.

"아! 아닙니다! 아무튼 교수님이 미안할 건 없어요. 오

히려 제가 감사해야 하는걸요."

"아니야. 가르쳤을 때 고려했어야 했다. 아무리 귀한 보석이라고 해도 그걸 지킬 힘도 없는 어린 아이에게 주면 의미가 없지."

졸지에 보석을 받고 지킬 힘도 없는 어린아이가 되었다.

이래 봬도 그렇게 약하지 않다고 주장하고 싶었지만 주변에는 강자뿐이다. 티스도 율케스도 크롬도 단테스도 강하다. 심지어 넬조차도 위험한 상황에 말려들지 않을 냉정함과 자기 몸을 지킬 능력은 가지고 있다.

'이쪽은 위험을 향해 달려가고 있지.'

알고 있다. 알고는 있다.

"네가 불운하다는 건 알고 있다만 이 정도일 줄은 몰랐다."

"류인 황자에 대해서는……."

"그건 알고 있었다. 티스 놈을 노린 걸까 싶어 예의 주시하고 있었건만 그런 목적도 아니라서 방심했지."

에론 형이 밀착으로 붙어 다녔으니 말 다했지, 뭐. 그가 입술을 열었다.

"지금 사망한 황자들 대부분은 류인 황자의 손에 죽었

다. 알고 있나?"

샨은 '뭐, 저야 사실 그중 일부는 티스가 직접 했다는 것도 알고 있습죠. 실제로 굴러다니는 황자 목도 한 번 본 적 있었고.' 라고 말하려다 참았다.

황제 폐하께서 위독하신 이때야말로 황위를 찬탈하기 위한 피버 타임이 아니던가.

뉴 류인 황자가 다른 황자 목을 추수하러 다니든 말든 상관할 바가 아니다. 샨에게 있어서는 티스의 안위만이 중요하다.

"아카데미 밖에서 실제로 티스와 그가 접촉한 일이 있긴 했었지."

"무슨 일로 접촉했죠?"

"알 바 아니지."

"네?"

교수님은 뭘 그리 당연한 걸 물어보냐는 듯 조금 짜증 스럽게 답했다.

"나는 보모가 아니다, 샨 알테리온. 교수로서 아카데미를 지킬 의무는 있다만 아카데미 밖에서 무슨 일이 터지든 내가 상관할 바 아니다. 왜? 또다시 마신 전쟁에 나가서 세계라도 구하라고 하지 그러나."

아, 신랄하다. 이쪽은 이미 세계도 몇 번 구하시고 용사 은퇴한 분이시지.

샨은 시선을 회피했다.

"죄송합니다."

"아무튼 그 직후 티스는 다치고 돌아왔지. 나한테 오질 않을 거 보니 네가 치료한 모양이군."

거기까지 추론하셨던 건가. 샨의 입이 절로 벌어진다. 에녹 교수님은 마저 말을 이었다.

"직후에 다친 걸 보아하니 분명 류인 황자의 심기를 거스를 만한 대답을 했던 거고. 심기를 거스를 만한 대답이라는 건 즉, 티스가 받아들일 수 없는 제안을 류인 황자 측에서 했을 거라는 거다. 예전에도 나한테 와서 가질 수 없으면 부숴 버리겠다고 했던 꼬맹이니 오죽할까마는."

"예전이라 함은."

"한…… 6살 때였던가."

이야, 6살 꼬맹이가 수천 년 묵은 엘프 보고 '너 내 것이 돼라! 가질 수 없으면 부숴 버리겠어!' 같은, 무슨 고전 느와르 소설에 나올 법한 무시무시한 소리를 하고 갔다는 건가.

역시 떡잎부터 달랐던 모양이다. 우리의 쌍둥이 황태자님께선. 어쨌거나 세계 몇 번 구하고 용사직 은퇴하신 에녹 교수님은 황제가 아니라 황제 할아버지가 스카우트하러 와도 고사하는 분이시니 어린 황태자의 협박 따위 코웃음 쳤으리라.

"그 불똥이 너한테 튀었군."

'이야, 대체 몇 년 단위로 튄 겁니까. 적어도 10년은 넘어서 튀었잖습니까!'

인간적으로 뒤끝이 길어도 너무 길다고.

샨은 울고 싶은 마음을 꾹 눌러 참았다. 교수님은 샨의 팔찌를 붙잡아 이리저리 살폈다.

"요즘 것은 아니야. 이런 걸 만들 수 있는 장인은 이제 사라졌으니까. 아마도 이건 고대의 것이군."

그는 팔찌 사이에 손가락을 넣어 본다.

"억지로 풀면 손목이 날아가겠군."

"그 말은 들었습니다. 진짜로 두 번 다시 못 고치나요?"

"잘린 손목이면 모를까 으깨진 손목은 아무리 나라도 무리다."

섬뜩한 소리 하고 있네. 샨은 억지로 웃었다.

"아, 맞다. 샨, 이 팔찌 하고 마법 장갑 껴 보았나?"

그 말에 아차 싶어서 장갑을 호주머니에서 꺼내 껴 본다. 에녹 교수님이 잘 익은 사과를 꺼내 건넸다.

"쥐어서 으깨 보도록."

"손이 더러워질 텐데요."

"어서."

그의 재촉에 마지못해 손가락에 힘을 준다. 그러나 사과는 조금도 부서지지 않는다. 이상했다. 평소의 장갑 힘이라면 사과 스쿼시를 만들고 남았을 거다. 교수님이 말했다.

"역시나 작동하지 않는군."

"왜죠?"

"마도구에 따라서 이것을 무효화할 수 있는 물건도 있으니까. 이 물건보다 급이 낮은 물건은 강제로 봉인시켜 버리는 거지."

"그런 게 가능해요?"

"그래. 이 물건은 고대의 진짜 마법이니까. 그리고 이 물건은 애초에 '그런 용도'로 만든 거다."

"용도라면……."

"노예지. 아무리 의지가 강한 자라도 수족으로 만들기

위한 그런 물건이다. 그 녀석다운 물건이군. 이것을 벗으려면 네가 영원히 검을 쥘 수 없는 몸이 되어야 할 테니까."

한쪽 손을 날려 버린다.

초절정의 고수라고 해도 팔 하나가 날아갔는데 두 개였을 때처럼 싸울 수 있을 리가 없다. 샨 정도의 초보라면 더욱 그랬다.

아직 날아 본 적도 없는 새의 날개를 미리 꺾어 버리는 일이다.

에녹 교수님은 담담히 말을 이었다.

"이 안의 보석이나 룬 문자로 보아서는 이건 네가 들고 있는 드래곤 스톤과 비슷한 능력이다. 마력을 전송하는 거지. 이 경우에는 류인 황태자의 마력이겠군. 장치에서 인위적으로 정순하게 걸러 보내는 거라 마력 충돌은 없을 테니 네 마력처럼 쓸 수 있을 거다."

"그렇다면 이득 아닙니까?"

그도 그렇다. 검사나 마법사가 싸울 때 보통 마력이 많은 쪽이 이기게 된다. 단순 계산 해 봐도 상대가 마법 세 개 영창할 때 본인은 네 개 영창할 수도 있고, 때에 따라서는 한 단계 높은 급의 마법을 쓸 수 있다.

검사 역시 마찬가지다. 검기도 남들 30분 싸우면 소모될 검기를 본인은 40분, 50분, 어쩌면 무한정 몸에 부담도 없이 쓰는 거다.

이건 누가 봐도 사기 아이템이다.

에녹 교수님의 미간이 일그러진다.

"그렇게 생각하기 쉽지. 마력이라는 게 그렇게 쉽지가 않아. 샨 알테리온, 너는 드래곤의 마력을 받게 되었지. 그때 조심해야 할 게 뭐지?"

"너무 많은 마력을 몸에 받지 말 것. 인간과 드래곤의 마력은 성질이 엄연히 다르므로 몸에 부담이 간다……라고 라온 교수님이 가르쳐 주셨죠."

"그렇다면 인간과 인간의 마력은 어떻게 될까? 둘은 같은 종인데?"

샨이 턱을 문지른다. 일개 학생이 대답하기 어려운 문제다. 물론 이런 경우가 있을 거라고 상상도 못 하기 때문에 더욱 그렇다. 에녹 교수님이 말했다.

"몸이 점점 적응해 간다. 너 같은 경우에는 류인 황자의 마력에 맞게 몸이 변화되겠지. 그러다가 그가 마력을 끊는다면 어떻게 될까?"

샨은 드디어 눈치챘는지 눈을 홉떴다. 에녹 교수님은

심판처럼 말했다.

"당연히 있어야 할 성질의 마력이 없게 되니 아마 육체에서 거부반응이 오기 시작할 거야. 당연하지. 이미 몸은 거기에 적응했으니. 그래, 마약으로 치면 금단증상이라고 할 수 있겠군. 이 경우에는 단순히 약이 아니라 몸에 흐르는 마력 그 자체니 그보다 더하면 더했지 덜하지 않을 거다."

샨이 팔찌를 붙잡았다.

"그런 선물은 전력으로 거부하고 싶네요."

"늘 마력을 몸 안에 남겨 두거라. 네가 무리하면 무리할수록 놈의 마력이 네 안으로 흘러 들어갈 테니까. 분명 강하겠지. 그래 보여도 황태자 아니냐. 상상할 수 있는 모든 수라장을 넘은 인물이지. 그에 비해 너는 마나 패스가 뒤틀려 있던 애송이다. 이미 네 몸 자체가 네 마력도 써 본 적이 없다."

순백의 백지 위에 색을 입히는 것과 같다.

차라리 그동안 마력을 단련해서 몸 자체가 샨의 마력에 익숙해 있다면 모를까 이제야 겨우 하반신에 마력을 단련한 터다.

에녹 교수님이 한숨을 쉬었다.

"대체 네놈은 불행을 얼마나 끌어당겨야 속 시원한 거냐."

이번 불행은 맥과 류인 황자 ver.2가 만들어 낸 비극이잖습까!

아르고 형의 말투가 절로 치민다.

억울하다. 너무 억울해. 대체 신은 뭐 하고 있기에 불행을 보따리째로 가져다 놓는 거냐.

샨은 눈물이 치밀었다.

"믿을 건 형이 선물한 이 칼밖에 없어요!"

교수님이 말했다.

"믿을 걸 믿어라. 바보 제자야."

4.

에론은 검을 끌어안았다. 새벽빛이 금이 간 안경 사이로 질주했다. 가슴속 깊은 곳까지 그는 숨을 삼키고 또 삼킨다. 열차가 흰 눈 사이를 달린다. 만년설이 피어난 고산지대의 어딘가, 내뱉은 숨이 백색 꽃이 되어 흩어진다.

'샨에게 검은 잘 도착했을까.'

특급 배달 드래곤에게 배달시켰다. 배달 드래곤 중 소수의 종족은 단순히 날아서 물건을 배달하는 게 아니라 공간과 공간 사이를 넘나들어 물건을 배달하곤 한다. 그들이 어떻게 정해진 곳의 정해진 사람에게 물건을 배달하는지는 아직 학자들도 밝혀 내지 못한 미스테리다.

확실한 건 그들은 단 한 번도 물건 배달에 실패한 적이 없다는 거다.

'제대로 도착했겠지. 적당한 시간에 적당한 사람에게.'

그가 아는 에녹 교수라면 분명 샨에게 제대로 전달할 것이다. 분명 지평선의 끝과 끝처럼 두 번은 마주칠 일 없는 엘프지만 그것 하나만은 믿을 만했다.

에론은 천천히 숨을 쉬었다.

새벽빛이 희게 물든다. 기차는 덜컥거리며 계속해서 산등성이를 질주한다. 그의 흰 셔츠는 그의 자존심처럼 구겨졌다.

'급했지. 너무 급했어.'

열차에 올랐을 때 승객이 하나도 없었다. 역의 종점이고 사람이 탈 시간이 아니었다는 걸 생각했을 때 그리 이상하진 않았다. 에론은 꽤나 서둘렀다. 그도 그럴 것이 류인 황자가 샨을 노리고 있다는 것을 깨달았을 때, 그리고 그로 인해서 에론 자신을 조종할 증거를 조작했다는 사실을 알게 되었을 때 그는 곧바로 행동에 옮겼다.

그는 황위 다툼에서는 언제나 철저히 중립을 유지해 왔고, 그것에 대한 안전장치를 몇 가지 준비해 놓기도 했다. 그러나 늘 문제는 그의 약점 때문에 터지곤 했다.

'샨, 내 아우여.'

애초에 아카데미를 가서는 안 되는 일이었다. 이런 중요한 시기에 황도를 비우지 말았어야 했다.

이성은 알고 있었다. 그러나 본능은 어찌할 수 없었다. 에론은 결코 아버지가 될 수 없었다. 그리고 어머니도 될 수 없었다. 남은 세 형제가 두 분의 장점을 하나씩 가져갔다면 그는 두 분이 남긴 악의와 집착만을 삼킨 존재였다.

순수하게 동생에 대한 지고지순한 사랑 때문에 학교에 갔노라고는 할 수 없다. 그는 그저 집착을 하고 싶었던 거다. 한 엘프가 그런 그의 속내를 눈치챘다.

'놓는 법을 배워야 하네, 에론 교수. 모든 부모가 배우는 교훈이지.'

그러나 그는 놓을 수 없었다. 알고 있었다. 그는 브레이크가 빠진 자전거다. 넘어지지 않기 위해서는 끊임없이 페달을 밟아야 한다. 멈출 수도 없고 돌아갈 수도 없는 그런 자전거.

'참으로 불쌍한 인간이로군. 자네 말이야.'

그의 말을 회상하며 에론은 열차에 올랐다. 열차는 출발했고 계속해서 나아갔다. 문득 선로가 이상한 쪽으로 교차되었다는 것, 그리고 분명 폐쇄되었어야 할 역에 상당한 실력의 기사들과 암살자들이 줄기차게 밀려들어 오는 것을 보고 그는 깨달았다.

이 열차도 자신과 같음을. 결코 파멸하는 그 순간까지 멈추지 않을 것임을.

좁은 공간에서 다수와 싸우는 건 에론에게 불리하다. 그의 검은 속검이다. 적의 움직임이나 행동 하나에까지도 민감하게 반응하는 그에게 절대 다수의 실력자들과 좁은 곳에서 대치해야 한다는 건 꽤나 큰 페널티였다.

'잔머리를 썼어. 그 꼬맹이.'

그렇다고 놈들의 운명이 변할 리는 없다.

열차가 덜컹거릴 때마다 피 웅덩이가 출렁인다. 지옥에서도 비가 내린다면 비 개인 후의 풍경이 이런 모습이리

라. 토막 난 시신들이 열차를 따라 칸칸이 이어간다. 시체를 보면 손속에 사정이라고는 조금도 없었다.

어린 아이와 여성, 노인 할 것 없었다. 이 열차에 올라타고 무기를 꼬나 쥐었으면 적이다.

에론은 담요를 꺼내 어깨에 덮었다. 승객 칸은 시트 사이사이로 피비린내에 쩔어 그곳에 있을 수는 없었다. 그는 부드러운 부분이라고는 전혀 없는 짐칸에 등을 기댔다.

이 열차가 어디를 향하고 있는지는 모른다. 확실한 것은 아마 류인 황자가 준비해 놓은 어딘가일 거라는 것. 그리고 놈이 여태껏 행동해 온 패턴을 봤을 때 그곳에 그놈이 있을 가능성이 높았다. 역적이고 나발이고 그 새파란 애새끼를 보는 대로 회 떠 줄 생각이다. 그가 만족할 만큼, 두고두고 좋은 추억으로 남길 수 있을 만큼 충분히 시간과 공을 들여서.

에론은 눈을 감았다.

'그때 참 아름다웠지.'

무대 위에서 샨이 노래를 불렀다. 조잡한 천사 날개를 매고 정해진 노래를 불렀다. 황도에 머무는 사람이라면 질리도록 들어 봤을 노래다.

그럼에도 에론은 난생처음 자장가를 듣는 아기처럼 그
저 넋을 놓고 들을 수밖에 없었다.

그 순간만큼은 샨이 매고 있는 그 날개가 가짜라고 인
식하는 이는 없었다. 눈을 반짝이며 음을 고르는 그 모습
이 성스럽고 성스러워서 자신 같은 건 금방이라도 지워질
것 같았다.

마치 봄의 태양을 만난 시궁창의 눈사람처럼.

깨끗한 눈도 아닌, 진흙 섞인 눈을 뭉쳐서 만든 그런
눈사람처럼.

이 세상에 자취도 남기지 않고 그저 녹아 버릴 것 같았
다.

그때 조금은 놓는 법을 배웠을지도 모른다고 에론은 생
각했다.

'물러졌어. 평소라면 열차가 노선을 바꾼 즉시 이음쇠
를 갈라 버렸겠지.'

깨달았을 때는 너무 늦었기에 에론은 깊게 심호흡을 한
다. 그래도 다행인 점은 학교를 떠날 때 사표를 보내 놓
은 점. 그리고 샨이 검 연습을 할 때부터 잘 아는 대장장
이를 수배해 미리 검을 주문해 놓았다는 점 정도겠다. 아
마 이 중에 하나라도 시기를 놓쳤다면 상황은 몹시도 찜

찜해졌으리라.

열차는 산맥을 타며 움직이고 또 움직였다.

기관사의 목은 벤 지 오래다. 그럼에도 열차는 움직인다.

'어차피 기관사 없이도 돌아가는 게 열차긴 하지만.'

역이 나오면 정차하고 다시 달려간다. 정해진 종점에서 열차는 멈춘다.

그렇다면 이 피비린내 나는 열차의 종점은 어디일까.

에론은 검을 끌어안는다. 검이 있다면, 이 검들이 함께하는 한 그는 결코 혼자 죽지는 않는다.

리오 형의 검이 사람을 살리는 검이라면 그의 검은 철저하게 사람을 죽이는 검이다.

비록 피치 못할 상황에서는 그게 자신의 목숨을 지켜주지 못할지라도, 적어도 상대의 목숨을 함께 거둘 수는 있게 해 준다.

죽을 바에는 필살의 각오로 상대의 목에 검을 꽂는다. 저승길이 외롭지 않도록. 그게 바로 그를 움직이는 집념이기에.

문득 그의 눈앞에서 푸른색 마법진이 솟아났다.

5.

에녹 교수님이 말했다.

"이미 검술적인 이론은 모두 갖고 있을 거다. 나는 그
저 그 안에서 방향성을 다듬는 것뿐이겠군."

샨은 고개를 끄덕였다. 이런 소도류는 기본적으로 암살
자들이 많이 사용하는 무기다. 검 자체가 얇고 좁아서 갑
옷 사이에 검을 찔러 넣기가 좋다. 에녹 교수님이 한마디
더 덧붙였다.

"딱 까놓고 말해서 날 무딘 검으로 사람 팬다고 한들
그 충격량이 어디 가는 게 아니다. 머리를 치면 뇌진탕이
고 뒷목을 치면 전신 불구, 허리를 치면 하반신 불구다.
팔을 쳤을 경우 뼈가 부러지는 게 아니라 으깨지는 상황
이면 두 번 다시 검을 못 쥐거나 아니면 팔을 절단해야
할지도 모른다."

말 그대로 '죽는 것만도 못한 삶을 살지도 모른다만 내
그래도 목숨은 붙여 드릴게.'라는 뜻. 에녹 교수님이 말
했다.

"어쩔 거냐. 이 정도가 타협의 마지막이다. 이것도 각

오하지 않으면 내가 가르칠 건 없는 것 같군."

그렇게 말하시니 할 말이 없다. 현실적으로 봤을 때 그 이상을 원해서도 안 되고, 그렇다고 모두를 설득할 전지전능한 말발이 있는 것도 아니고……. 그 전에 그런 말발이 있다면 보통 칼을 배우기보다는 어디 신흥 종교를 일으켜 인류 대통합을 하는 게 답이 아닐까.

아무튼 뭐 그렇다.

'목숨은 붙여 드릴게……라.'

샨은 속눈썹을 내리깔고 한참 생각에 잠겼다.

"알겠습니다."

"그리고 턱을 칠 경우 사망에 이르는 경우도 많다."

자칫 격하게 싸우다가 사람 죽일 수 있으니 각오하라는 거다. 목숨도 못 붙이는 상황이 온다는 것.

"그런 일이 생기지 않도록 노력하겠습니다."

"결국 자신의 순수를 위해 현실에 눈을 돌린다는 생각은 들지 않나. 샨 알테리온 군?"

"저는 누군가를 죽이고 잠을 잘 잘 수 있을 정도로 강하진 못하니까요."

"본인이 약하다는 건 알고 있군."

그리 말씀하시니 할 말이 없다.

에녹 교수님이 말했다.

"엘프의 검술은 인간과 다를 거다. 네 몸이 지금 인간보다는 엘프, 그것도 순혈 하이엘프에 가깝게 변했으니 아마 이 편이 더 맞으리라 생각한다. 엘프들 중에서는 쌍검류를 사용하는 엘프들이 좀 있지. 그중의 하나가 나다."

"활을 주로 쓰시던 거 아니십니까?"

과거 에녹 교수님이 물의 활을 쏴서 수많은 적들을 물리쳤을 때를 떠올렸다. 시위를 당기던 솜씨에는 그 어떤 군더더기도 없었다.

"샨 알테리온, 내가 세계를 몇 번 구하고 마신 전쟁을 종결시켰는데, 고작 무기 한 가지만 가지고 전쟁을 끝낼 수 있으리라 생각하나?"

"용사물에서 보면 보통 검이면 검, 창이면 창, 하나만 정해서 끝까지 가던데요?"

"마족 중에도 마법이 통하지 않는 마족이 있고, 물리 공격은 전혀 박히지 않는 마족도 있다. 원거리 공격을 모두 막아내는 마족도 있고. 용사란 자고로 필요한 무기는 그때그때 꺼내 쓸 수 있어야 한다."

샨이 식은땀을 흘렸다.

"저희 아버지와 형들은 칼 하나로만 하시는데요?"

"……."

이래 보여도 샨 아버지도 세상을 구한 적이 있었다. 그 할아버지나 그 증조할아버지도 세상 한 번씩은 구했다.

진골 용사 가문의 셋째 아들은 담담히 칼 하나로 세계 평화를 이룩할 수 있음을 밝혔다.

에녹 교수님이 답했다.

"고작 세계구 용사를 내게 가져다 대는 거냐. 안목이 좁구나, 샨 알테리온."

용사에도 등급이 있었다. 작게는 마을을 침략하는 마물들을 부수는 동네구 용사부터 나중에는 나라를 위기에서 구하는 전국구 용사가 있다.

알테리온가는 진골 세계구 용사들을 배출해 왔다. 그럼에도 불구하고 에녹 교수님은 깔보고 있었다.

"에녹 교수님은 역사급이라는 건가요?"

"신화급이지."

오만하다. 지독하게 오만했다. 그러나 샨은 이 백로 같은 사내에게 아니라고 말할 생각은 없었다. 실제로 과거 그가 종결시킨 전쟁은 일개 왕국과 왕국이 벌인 전쟁이 아닌 마족들을 상대해야 하는 전쟁이었다.

그걸 홀로 종결시켰고, 그 결과 그는 두 번 다시 낙원으로 돌아갈 수 없는 몸이 되어야 했지만 그건 그만한 가치가 있는 일이었다.

"검을 놓은 지 오래되지 않으셨습니까?"

"하이엘프는 망각을 못 하는 종족이란다, 샨 알테리온. 감은 잃을 수 있어도 결코 기억은 퇴화하지 않지."

샨은 고개를 끄덕이고는 그를 따라 검을 구불구불 움직인다.

작고 가벼운 체구를 이용해 변화무쌍하게 적을 상대해야 한다.

"아참, 단테스는 그래도 이겨 놓아라. 목검이라도 그 정도 마음의 각오는 해 놔야겠지?"

샨은 윽, 신음을 뱉었다.

에녹 교수님과 지옥의 수행을 시작한 일주일 후, 샨은 단테스에게 대련을 청했다.

"흠? 또 말입니까?"

"응. 이번에는 진심으로 싸워 줬으면 좋겠어."

"제가 진심으로 싸우면 정령을 사용해야 하는데요?"

그 말에 샨은 식은땀을 흘렸다. 단테스는 여우 같은 눈매로 부드럽게 웃었다.

"농담입니다. 심판은?"

"아론 교수님께 부탁했어. 오늘 점심시간 때 한번 보러 오시겠대."

"알겠습니다."

단테스는 교복 깃을 깔끔하게 추스르고는 그대로 걸어 갔다.

점심시간에 샨은 연무장에서 둘을 기다렸다. 단테스는 나무 봉을 챙겨서 왔다. 지난번에 처참하게 당했던 물건 이다. 생각해 보면 단테스는 무기보다는 투척이 특기다. 뭔가를 던지고 쏘는 종류에 강하다. 승산이 있다는 생각 이 들었다.

얼마 안 있어 아론 교수님이 왔다. 예의 그 어린아이의 모습이다.

"왔다. 아, 맞다. 참관인이 왔다."

참관인이라면 무슨 참관인이라는 말인가? 샨이 돌아보 는데 낯익은 소녀가 서 있었다. 류인 황자와 함께했던 호 위병이었다. 아직도 등에 닿았던 칼의 감촉이 기억에 선 연하다.

"호오, 귀엽게 생긴 아가씨군요. 우리 학교 학생은 아닌 것 같은데요?"

아론 교수님이 뒷목을 긁었다.

"아아, 높으신 분들 중에 샨에게 관심 갖는 분이 계신 모양이더라고. 대체 무슨 수로 이렇게 빨리 시종을 파견했는지 모르겠다만 뭐, 우리 같은 사람 상식으로는 파악안 되는 분도 많으니까. 하하하하!"

하필 류인 황자의 눈이 와서 보고 있다니.

'전력으로 져야겠다!'

단테스가 샨에게 눈빛을 보냈다.

'샨, 전력으로 지십시오!'

'응!'

두 사람의 눈짓을 깨달았는지 소녀가 말했다.

"이기는 사람은 나와 다시 싸울 거야. 진검으로."

별로 좋지 않은 신호다. 만약 여기서 샨이 진다면 단테스가 그녀와 싸워야 한다. 아마 진검으로 승부를 봐야 한다면 목숨을 걸어야 할 수도 있다. 반면 샨 자신과 승부를 보는 거라면 아마 죽이지는 않을 거다. 비싼 팔찌를 채운 값을 하기 위해서라도.

샨이 손을 들었다.

"그럴 바에는 처음부터 그쪽과 싸우고 싶은데요?"

"룰 브레이크. 잠시만, 주인님께 물어볼게."

그녀는 눈을 감는다. 흡사 인형처럼 미동도 하지 않고 그대로 몸을 웅크린다. 단테스가 말했다.

"전송 마법이군요."

"전송 마법? 주문도 없는데?"

"갓난아기의 뇌에 마법석을 박아서 개조하는 경우가 있습니다. 그렇게 하면 주인과 연결되어 평생 주인의 눈과 귀가 되어 살아간다는 군요. 높으신 황가분들이 절대로 배신 안 할 노예가 필요할 때 그렇게 하시는 걸로 알고 있습니다."

"뇌에 돌을 박다니. 부작용이 끔찍할 텐데?"

"평생 두통과 싸워야 할 거고, 무엇을 보든, 무엇을 듣든 주인에게 모든 정보가 공유될 테니 인간으로서의 존엄성도 깨지겠죠. 오래 살지도 못할 겁니다. 아니, 오래는 고사하고 20대는 넘길 수 있을까요?"

사람을 무엇으로 취급해야 그게 가능한 걸까.

샨은 한숨을 내쉬었다. 이 세계는 잔혹하고 가끔은 미쳐 있어서 도무지 인간의 마음으로는 닿을 수 없는 곳에 있다.

재능의 발현 249

이윽고 소녀가 눈을 뜬다.

"허가. 주인님께서 죽지 않을 정도로만 손봐 주래. 대신, 팔다리 하나는 끊어 버릴 각오로 임할 것."

단테스가 말했다.

"그런 거라면 제가 대신하죠."

"불가. 주인님께서 원하는 건 샨 알테리온."

그녀가 허리춤에서 검을 꺼낸다. 지난번에 사용했던 단검이 아닌 균형 잡힌 롱소드다. 어린아이가 들기에는 꽤 무거운 물건이지만 그녀는 아랑곳하지 않는다. 아마 주무기는 아닐 거라고 생각한다. 그렇다 하더라도 그녀에게서는 율케스의 냄새가 난다.

제 몸보다 무거운 무기도, 이성을 잃을 정도의 고통도 느끼지 않는 그런 존재의 냄새가.

그렇다면 응수해 주는 게 답이다. 샨은 에론 형에게서 받은 두 자루의 검을 꺼낸다. 검의 이름은 아직 붙이지 않았다.

'지면 팔이든 다리든 잘려 나간다고 했지.'

예리한 칼로 베는 거니 에녹 교수님이 다시 붙여는 줄거다. 그러나 그 끔찍한 고통은 고스란히 샨 알테리온 본인의 몫.

샨은 소도를 양손에 하나씩 쥐고는 자세를 취한다. 엘프들의 자세.

한 손은 역수로 쥐고 다른 한 손은 올바르게 검을 쥔다.

아론 교수님이 턱을 괸다.

"호오. 괴이한 걸 들고 왔군. 그 활잡이 엘프에게서 배운 모양이구나."

활잡이 엘프라면 에녹 교수님을 말하는 것이리라.

투지(鬪地)를 사이에 끼고 샨과 소녀는 한참이나 마주본다. 저리도 작은 체구인데도 마치 태산을 앞에 둔 것만 같다.

두려움을 억누르며 샨이 말했다.

"이름이 뭐죠?"

"14호."

그걸 마지막으로 그녀가 먼저 움직인다. 시야에서 사라졌다 싶은 그 순간, 샨의 머리 위에서 그녀의 검이 몸을 타고 팽그르르 회전한다. 샨은 다급하게 검으로 막는다.

차앙!

한 번 공중제비를 한 그녀의 몸이 다시 아래로 꺾어 지른다. 그녀 홀로 중력의 법칙을 무시한 것 같다. 샨은 다른 손으로 그녀의 검을 튕겨 내고는 그녀의 자세가 흐트러진 틈을 타 가슴팍에 파고든다.

"허점."

그녀는 땅을 손으로 짚고는 발로 샨의 명치를 후려친다. 단테스가 했던 발차기가 떠오른다. 샨은 검으로 공격을 막아낸다.

둔탁한 소리와 함께 샨의 몸이 3미터는 날아간다.

'미, 미친!'

보통 소녀의 힘을 아득히 뛰어넘는 것도 모자라 마법 장갑을 꼈을 때나 나오는 힘이 소녀의 각력에 들어간다. 샨이 낙법을 취하기가 무섭게 그녀는 그대로 샨을 향해 질주한다. 흡사 시위를 떠난 화살과도 같다.

그녀의 검이 샨의 미간을 향해 날아온다. 당한다!

단테스가 정령술을 쓰려던 찰나, 샨과 눈이 마주친다.

'괜찮아.'

샨은 허리의 탄력을 이용해 회전력을 만든다. 검을 흡사 톱날처럼 휘둘러 그녀를 향해 반격한다. 그녀는 막는 대신 피한다. 그걸 이용해 샨은 한 번 바닥에 발을 디뎌 착지한 후, 가벼운 체구를 이용해 그녀를 향해 점프한다. 아까 그녀가 취했던 일격과 비슷했다. 그러나 여기서 샨은 한 번 더 뒤튼다. 양손의 리듬을 이용해 1타, 2타, 3타를 연거푸 날린다.

차차차창!

단테스와 아론 교수의 눈이 커진다.

그때의 샨과 너무나도 다른 모습이다. 그때의 샨을 겁먹은 토끼라고 친다면 지금의 모습은 재빠른 토끼라고 할 수 있었다.

그랬다. 샨은 토끼였다. 왜냐하면 그 이유는 너무나도 간단했다.

'공격에 파괴력이 전혀 없습니다?'

'어떻게 된 게 저기서 치명타를 한 번 못 먹이냐!'

팔에 마력을 못 쓰는 상황이기 때문에 더더욱 그랬다. 그럼에도 우위를 점할 수 있었던 건 엘프 검술의 유연함과 재빠름이 샨에게 잘 맞았고, 샨 본인에게 있었던 마음의 주저가 많이 사라졌기 때문이리라.

'좀 더, 조금만 더.'

기묘했다. 몸을 움직이면 움직일수록 사람이라면 더 힘들어야 하는 게 이치였다. 그런데도 어쩐지 새로운 경지가 눈앞에 열릴 것만 같았다.

그게 뭔지는 모르겠다. 그러나 샨은 어쩐지 폭풍우를

앞에 둔 들풀과도 같았다.

강한 힘을 군이 반격할 필요는 없었다. 흘러가면 흘러
가는 대로 몸을 맡긴다. 그 기묘한 흐름이 샨을 쫓았다.

결코 이론만으로는 배울 수 없는 '무언가'였다. 그것
을 형이나 아버지는 깨달음이라고 표현한다. 검의 묘리
를, 그 입구를 맛본다.

14호의 눈썹이 점점 일그러진다.

'이상해, 점점 더 빨라져. 지금쯤이면 더 지쳐야 정상
인데, 지금쯤이면 더 느려져야 정상인데.'

마치 한번 가조립했던 기계가 움직이면서 점점 톱니바
퀴가 제자리를 찾아가는 것처럼, 산만했던 움직임이 하나
의 목적을 갖고 일사불란하게 움직이기 시작했다.

그 순간만큼은 바람이었다. 물이었다.

'재능, 아아…… 우리 주인님이 가졌던 거. 인형들은
가질 수 없는 거. 인간만이 가질 수 있는 거.'

샨의 팔이 한쪽으로 크게 휘어진다. 그녀가 공격하려는
순간 샨은 다리, 허리, 어깨 모든 회전력을 이용해 공격
을 맞받아친다.

'그것은 자유.'

카앙!

더 빠르게, 더 강하게, 더 유연하게.

그 어떤 생각도 그 어떤 두려움도 가질 수 없는 그 무아의 세계로 빨려 들어간다. 조금만 더, 조금만 더 하면 무언가 알 수 있을 것 같았다.

'더…… 더……!'

그 순간, 샨의 검 끝에서 희미하게 빛이 어리기 시작했다.

검기. 고작 검술 초입에 든 자가, 그것도 마나 패스가 뒤틀린 몸으로 내뱉는 검기가 발현되려 하고 있다.

그녀의 눈에 어린 것은 놀랍게도 질투였다. 자신을 이용해 날아가려는 한 새에 대한 질투.

그녀가 말했다.

"샨, 강해. 주인님께 전해 줄게. 하지만 아직은 약해. 이것도 주인님께 전해 줄게."

그 순간, 그녀의 모습이 수십 갈래로 갈라진다. 수천 개의 빛이 샨을 갈랐다. 검의 정점에 도달한 자만이 가지고 있는 빛이 샨에게 쏟아진다. 이 빛에는 사각이란 없었다.

초속에 달하는 극강의 검기가 샨을 쓸어버리고 있었으므로!

압도적인 실력차에 샨의 한쪽 팔이 하늘을 날아올랐다.

"크아아아악!!!!"

그러나 같은 시간, 샨의 형, 에론 알테리온은 14호의 동생인 15호의 머리를 부수고 있었다.

6.

"확실히 독특한 시스템이군."

보통 황족들 사이에서 이런 식으로 노예를 만드는 일이 흔치는 않지만 그렇다고 없지는 않다. 그러나 많아봐야 하나둘 정도다. 이렇게 수십 명의 같은 얼굴을 한 소녀들의 뇌에 마법석을 박지는 않는다.

보통 사람이라면 그 잔혹성에 경악할 만도 하지만 에론은 이미 인간성을 버린 이었다. 그가 내린 판단은 간단했다.

"비용에 비해 그만한 이득을 얻을 수 있나?"

사람이 한 번에 수십 명의 쌍둥이를 낳을 수는 없을 테니 이들 모두 인공 생명체라고 할 수 있다. 아마 연금술의 호문클루스 같은, 금지된 술법으로 태어난 존재일 거다.

그렇다는 말은 인간 이상의 비용이 들었다는 말.

생식 행위를 하고 임신을 해서 아이를 낳고 마법석을
박은 후, 의식주를 제공하고 합당한 교육을 시키는 데에
도 많은 비용이 소모되지만 이건 호문클루스다.

호문클루스는 창조하는 단계부터 어마어마한 비용이
든다.

거기다가 갓난아기 때부터 태어났다고 하더라도 아마
인간과는 다른 음식을 먹어야 할 거고, 그렇다는 말은 보
통 인간의 유지비보다 더 많은 비용이 필요하다는 뜻이
다.

그걸 십수 명을 사용하고 있다. 그것도 15호라는 정보
만으로 추측한 숫자지 어쩌면 수십 명이 넘을지도 모른
다. 개개인의 실력이 어지간한 소드 마스터 초입에 다다
른다.

'황태자라고 하더라도 쉽게 만들 수 있는 숫자는 아니
다.'

에론은 그걸 마지막으로 걸어갔다.

열차가 도착한 곳은 황량한 어느 산맥 꼭대기였다. 눈
속에 쌓여 있는 작은 성이 그를 오라고 의도적으로 유인

하고 있었다.

그리고 그곳에서 그를 미행하고 있었던 게 이 작은 소녀였다.

어차피 에론의 속도를 따라잡으며 기척을 숨길 정도라면 이미 민간인은 아니었기에 에론은 가차 없이 그녀를 도살했다.

'대체 무슨 파티를 준비하고 있는 걸까. 우리 애송이는.'

에론은 새빨간 피를 털었다.

이미 많은 전투로 칼날이 적잖이 무뎌졌다. 며칠째 제 주인에게 손질받지 못한 검들이 바람을 따라 서럽게 울음을 터뜨렸다.

에론은 성을 향해 앞으로 나아갔다.

7.

잘려 나간 팔은 붙이면 된다. 우리 에녹 교수님의 절대 치유 마법 앞에서는 아무것도 아니다. 그의 신성차트 앞에서는 반병신이 될 만한 사고도 '짜잔! 신의 기적입니다!'라고 말할 수 있을 만한 이적을 보이곤 한다.

"사람이 무슨 도마뱀도 아니고 끊어진 팔에서 새살이
라도 나올 것 같나. 샨 알테리온 학생."

에녹 교수님이 툴툴거리며 샨의 잘린 팔을 어깨에 대고
있다.

"자기 팔 정도는 자기가 봉합해라. 나는 치유 찬트나
부를 테니까."

"움직일 수 있는 손이 하나뿐이잖습니까! 누구 하나는
팔을 붙잡아야 한다고요!"

아, 끔찍하다, 이 상황. 정말 끔찍해. 샨은 울고 싶은
기분이었다. 그도 그럴 게 뭔가 깨달음을 얻었나 싶었는
데 그녀의 칼질 한 방으로 깨달음과 팔 한쪽이 싹둑 잘려
나갔다. 사람을 무슨 가지치기라도 하는 양 토막쳐 버린
그 소녀도 정상이 아니지만 더 문제는 바로 이 상황이다.

멋지게 폼 잡고 난 뒤에는 이런 처절한 수습이 기다리
고 있다.

에녹 교수님의 힘은 경이적인 회복 능력에 있다. 에녹
교수님의 힘이라면 몇 달은 족히 정양해야 할 상처도 금
방 낫게 할 수 있다. 다만 그건 출혈이나 감염증을 멈추
고 새살을 돋아내고 뼈를 재생시키는 정도지, 아무리 에

녹 교수님이라도 잘린 팔을 바로 붙였다가는 신경이고 근육이고 엉켜서 도로 잘라 내야 한다. 재수 없으면 도로 잘라 내도 이미 한번 엉킨 터라 복구를 못 할 수도 있다.

"그러면 에녹 교수님이 직접 하시면 되잖습니까! 그동안 잘도 고치셨는데."

"나는 인간 전문이다, 샨 알테리온. 엘프 몸은 몰라."

우리의 엘프 용사는 자신은 인간만 치료해 왔지 엘프는 치료해 본 일이 없노라 말하고 있다.

"저도 인간입니다!"

"그게 문제지. 완전히 엘프든가 그게 아니면 완전히 인간이든가 해야 하는데 몸의 구조가 완전히 바뀌었어."

그래서 그냥 샨이 제 손으로 하고 있다. 이래 보여도 갖은 상처 경험 덕에 자기 몸 치료에는 도가 텄으니까. 그리고 다행스럽게도 독특하게 바뀐 이 몸 구조를 완전히 이해할 수 있을 거 같기도 하다. 물론 망하면 본인 책임이라 어디 가서 원망도 못 하겠고.

"와, 사이좋은 사제네요."

단테스의 말에 두 사람이 버럭 소리 질렀다.

"뭐가 사이가 좋은데!"

"한 번만 더 그딴 소리하면 양호실 밖으로 내쫓겠다.

단테스 군."

"너무하십니다. 급하게 지혈하고 양호실까지 업고 뛴
게 누군데요."

어깨는 심장에서 가장 가까운 혈관이 있는 곳이다. 사
람 팔이 인형 팔이 아닌지라, 무대 위에서처럼 잘린 팔이
하늘을 날고 어깨를 붙잡고 쓰러지는 기사와 같은 모습은
실제로 볼 수 없다. 물론 그 뒤에서 '당신의 소임은 이제
끝났소. 아무개 기사.' 하면서 검을 착 집어넣는 군주 또
한 더욱 없고 말이다.

실제로는 어깨에서 피가 힘차게 샘솟고 잘린 팔은 땅에
서 꿈틀꿈틀 경련하는 가운데 아무개 기사는 쇼크로 이미
바닥에 머리를 박고 부들부들 떨고 있을 거다. 의식을 잃
으면 끝이고 그나마 의식이라도 부지하면 가망성이 조금
이나마 있는 거고.

만약 주변에 도와줄 사람도 없다면 과다 출혈로 바로
쇼크사할 수도 있는 일이다.

노기사와 군주가 벌이는 잔혹한 탐미니, 차라리 목을
치라는 기사에게 군주가 주는 마지막 자비니 하는 건 노
부인들 눈물 짜려고 만든 연극팀의 소행일 뿐이고, 실제
로는 달려가서 바로 지혈하고 잘려 나간 팔 챙기고 해야

한다. 골든타임을 넘기면 위험해진다.

단테스의 빠른 처치가 아니었으면 샨도 같은 꼴 날 뻔했다.

물론 아론 교수님은 그 모습을 구경만 했다. 구경만.

'하아, 어떤 의미론 가장 무서운 인간이야.'

결투로 인한 사망은 기사들에게는 흔한 일이다. 그렇다고 돕지도 않을 줄은 몰랐다.

단테스가 말했다.

"어쩔 수 없으니까요. 류인 황태자의 사람과 결투를 했는데, 여기서 샨을 돕게 되면 정치적으로 어떻게 될까요?"

"학생을 돕는 것뿐인데?"

"글쎄요. 그 학생이 에론 알테리온의 동생이잖습니까. 에론 알테리온이 중립을 지키고 있다는 건 샨의 주장입니다만, 황실에서 어떻게 볼지는 아무도 모르죠."

샨은 자신의 살을 봉합하며 말했다.

"그래서 돕지 않았다는 거야?"

"마피아도 보스가 사망을 앞두게 되면 2인자들끼리 싸움이 붙습니다. 히트맨을 모으고, 염소를 모으고, 아, 염소란 뜻은 대신 감방에 가 줄 사람을 뜻합니다. 아무튼 보스가 후계자를 제대로 정하지 않는 한은 보통 한 파벌이 모든 다른 파벌을 정리할 때까지 죽고 죽입니다. 그러다 새로운 보스가 등극하게 되면 다시 피바람이 일죠."

"반대파 숙청?"

"네. 그게 싫다면 처음부터 끝까지 중립을 유지하고 맡은 바 일만 계속 하고 있으면 됩니다. 말은 쉽지만 상당히 어려운 일이죠."

"그게 검술 교수님이 나를 내버려 둔 이유야?"

"비슷합니다. 음, 제 예상으로 봤을 때는 아마 에론 교수님이 사표를 쓴 것도 그렇고 아마 에론 교수님은 끝까지 중립을 지키진 못한 것 같군요. 워낙 영향력이 강한 사람이니 더욱 중립을 잡기는 어려웠겠죠."

"대체 왜……."

변변한 인사조차 하지 않고 나갔다. 객석에서 산을 보던 그 얼굴만이 마지막 이별이었다. 무대 조명 때문에 그때 에론 형이 무슨 표정을 지었는지조차 알 수 없었다.

'괜찮아. 방학 때 보면 돼.'

또 보면 될 거라고. 그때 왜 나갔는지, 그리고 칼을 선물해 줘서 고맙다고, 이렇게 많이 강해졌다고 이야기하면 되리라.

'에론 형은 강하니까. 별일 없겠지.'

샨은 그 생각을 끝으로 봉합을 마쳤다. 단테스가 혀를 내두른다.

"그런데 안 아프십니까? 자기 살 자기가 꿰매고 있는데?"

"진통제도 먹었고 마취도 했지만, 통증이 완전히 없는 건 아니야. 아니, 꽤 아파."

"그런데 어떻게 한 겁니까?"

"익숙해진 거지, 뭐."

샨은 슬프게 웃으며 봉합용 실을 자른다. 교수님은 샨의 어깨를 붙잡고 회복 마법을 사용한다. 빠른 속도로 새 살이 돋아난다. 교수님의 치유 마법은 이게 문제다. 인간의 치유력을 극한까지 끌어올리는 덕분에 심한 상처를 치료하면 할수록 졸리다.

교수님이 말했다.

"샨 알테리온. 평소라면 양호실에서 쉬라고 하겠지만 내일은 휴일이다. 열쇠 챙겨 가며 일일이 신경 쓰기 귀찮다."

"기숙사에서 쉬라고요? 그렇지 않아도 축제 끝나고 뒷 정리 때문에 끌려 다니는 중입니다."

"팔 절단되었다고 좀 쉬겠다고 밝히면…… 아니다."

교수님이 혀를 쯧 찼다.

"외출증을 끊어 주마. 단테스네 저택에서 쉬면 되겠지?"

단테스가 대답했다.

"저희 저택이야 언제나 조용하지요."

당연하지. 마피아가 지키고 있는 집에서 소란을 일으키는 간 큰 미친놈이 얼마나 있다고.

샨은 한숨을 포옥 쉬었다.

8.

티스와 율케스에게는 대략적으로 말만 해 두고 샨은 그대로 마차를 빌려 단테스의 저택으로 향했다. 그러고 보면 요즘은 단테스와 넬을 늘 함께 만나곤 했다.

두 사람은 무슨 쿠키 가게 세트 상품인 것처럼 늘 붙어 있었다. 그것도 끈으로 돌돌 감아서 절대로 안 떨어지는 그런 상품 말이다. 하나만 사고 싶은데 어쩔 수 없이 다른 물건도 함께 딸려 나오는 그런 것.

아무튼 날개(?)로 만난 건 오랜만이다 보니 어쩐지 어색하다.

거기다가 단테스는 정말 많은 일을 겪었던 사이이지 않나.

샨은 뺨을 어색하게 붉적였다.

"저택은?"

"새로 구입했습니다. 어차피 이제 여동생은 학교에서 쉬고 있으니까요."

'쉬고 있다' 라. 단테스는 그렇게 말했다. 죽지 않는 대신 어른이 될 때까지 잠을 자야 하는 거래라니. 이걸 뭐라 불러야 할까. 샨은 잠시 망설인다.

단테스는 그런 샨의 머리를 쓸었다.

"처음에는 많이 힘들었습니다만. 이제는 차라리 잘된 일이라고 생각합니다. 목숨을 구한 것만으로도 더 이상 욕심을 부리면 안 되겠죠."

단테스는 그렇게 말하며 쓸쓸한 미소를 지었다. 그때 샨의 가방에서 카이가 얼굴을 내밀었다.

"우웅. 마마, 여기 어디야?"

"일어났니?"

"응."

카이는 앞발로 눈을 비빈다. 지난번 수업시간에 라온 교수님께 카이를 보인 적이 있었다. 교수님께서는 카이가 슬슬 허물을 벗을 준비가 되었다고 했다.

'확실히 다른 드래곤들보다 성장이 빠르긴 해. 티스나 율케스가 데리고 있는 리젤, 폴룩스만큼은 아니지만.'

리젤과 폴룩스는 시도 때도 없이 먹고 시도 때도 없이 허물을 벗는다. 덕분에 티스가 짜증을 내고 있다. 드래곤이 허물을 벗는 동안 주인은 꼼짝없이 곁에 있어야만 한다.

지난번에 그렇게 호되게 당했으면서도 아직도 정신을 못 차린 모양이다.

마차는 단테스의 새로운 저택 앞에 도착했다. 여전히 거구의 무시무시한 형님들이 입구를 지키고 있다.

"사장님 오셨습니까!"

샨이 단테스를 향해 아주 작게 속삭인다.

"사, 사장님?"

"승진했다고나 할까요? 회장님께서 조직의 2인자를 그렇게 부르는 게 아니라고 해서 부득이 하게 옛날 직책을 버렸습니다."

'그 부장님인가 과장님인가 하는 그 호칭 말이지.'

차마 이 말을 입 밖으로는 못 하고 목으로 삼켰다. 아무튼 그 형님들이 샨을 보자마자 소리를 지르기 시작했다.

"세상에 사장님의 애인분 아니십니까요!"

"사장님께서 아가씨를 데려올 줄은 몰랐습니다요!"

그 순간, 단테스는 그 말을 한 놈의 뒤통수를 뻐억 후려갈겼다. 가벼운 펀치일 뿐인데도 그놈의 몸이 3미터는 날아가 벽에 박혔다.

'다, 단테스 나랑 싸울 때는 봐줬던 거야?'

안경 아래로 단테스가 눈을 가늘게 떴다.

"신입이셔서 모르셨던 모양이네요. 남자입니다."

그 말에 그놈이 바닥에 쓰러진 채로 대꾸했다.

"모, 몰라 뵀습니다! 사, 사장님께서 그런 취미인 줄은……."

그 순간 단테스가 쥐고 있던 담배가 우득 부러졌다. 이러다가 뒷산에 거름 주게 생겼다 싶어 샨이 몸을 던져 막았다.

"괜찮아. 괜찮아. 이렇게 생겨먹은 탓이지. 뭐."

"처분은 나중에 결정하도록 하죠."

"나는 괜찮다니까!"

그러나 단테스의 눈빛이 말하고 있었다. '저는 하나도 안 괜찮은데요?' 라고.

9.

샨은 침대에 누워 방금 일을 회상했다. 그 신입은 단테스의 턱짓에 따라 어딘가로 끌려갔다. 분명 야산의 거름이 되었겠지 싶어 얼굴이 창백해졌다. 데려가지 말라고, 이쪽은 괜찮다고 그토록 사정했건만 단테스의 대답은 간단했다.

'하하하, 아닙니다. 샨 군. 그냥 교육시키러 갔을 뿐이지 별일 아니에요.'

그 말에 '너님들은 교육을 시키기 위해 80년 동안 사람을 탄광 속에 처박기도 하잖아요.' 라는 말이 튀어 나오려는 걸 꾹 참았다. 그 말을 마피아의 본진 한복판에서 내뱉기에는 샨도 자기 목숨이 소중했다. 그래, 잘 이겨내리라 믿자. 남자잖아.

그렇게 생각하고 돌아서려는 순간 말이 튀어나왔다.

'살인, 납치 같은 일 빼고 교육시키면 아, 안 될까? 비

폭력적인 걸로.'

아무리 막고 싶어도 주둥이가 반사회적으로 튀어나오는 걸 어쩌라고.

분명 매몰찬 대답이 나오리라 예상했지만 의외로 단테스는 순순히 대답했다.

'알겠습니다. 샨 군이 정 그리 원하신다면 고려해 보도록 하죠.'

'다행이다.' 라는 생각보다는 '어째 수상해…….' 라는 생각이 우선 드는 걸 보면 단테스의 곁에 너무 오래 있었기 때문이리라.

'아아…… 더 이상 생각하는 것도 피곤해.'

오늘은 한계 이상으로 몸을 혹사시킨 데다 출혈 때문에 쇼크가 올 뻔하기도 했다. 심지어 그 팔을 도로 붙이느라 몸 안에 있는 치유력을 다 써 버렸다.

눈꺼풀이 천근만근 무겁다.

"마마, 샨, 자? 마마!"

카이가 속 모르고 샨의 이마를 두드린다. 마마 대신 이름으로 불러 주는 건 고맙다만 소리를 들을 때마다 머리가 울린다.

'안 돼. 여기서 카이랑 놀아 주면 내일 100% 몸살이

다.'

"미안 카이, 진짜 너무 피곤해서 아무것도 못 하겠어."

"왜 못 해? 왜? 카이랑 왜 못 놀아 줘?"

그러게 말이다. 그걸 설명하는 것조차도 버거워 죽을 것 같거든. 샨은 힘겹게 웃었다. 지금으로선 카이를 향해 고개를 돌리는 것도 벅차다.

그때 문이 열리더니 단테스가 들어왔다.

"아, 카이군요. 어린 양고기 드시겠습니까? 생으로 준비했답니다."

카이의 눈이 반짝반짝 빛난다.

"진짜?"

카이가 몸을 폴짝 뛰어 내려간다.

"단테스."

"쉿."

단테스는 검지를 들어 입술을 가린다. 그러고는 이불을 끌어 몸을 덮어 주었다.

"카이는 제게 맡기고 푹 쉬십시오."

"고마워."

"뭘요. 고작 잠을 편히 자게 돕는 것뿐이지 않습니까." 그렇게 말하고는 아주 작게 '샨은 제 은인이니까요.' 라고 중얼거렸다. 단테스가 줄곧 그렇게 생각해 왔는지는 몰랐다. 샨은 시선을 돌린다.

"아니야. 그런 것."

"저는 그리 생각합니다. 그때 샨 군이 없었다면 제 동생은 없었을 테니까요."

"아냐. 정말 그런 거 아니야."

전력을 다했지만 결국 구하지 못했노라고 생각해 왔다. 약하고 무력해서, 소중한 사람 하나 지키지 못하는 못난이라고 자책해 왔다. 그럼에도 단테스는 그리 생각한 모양이다.

단테스는 카이를 안아 들고는 문을 닫았다.

닫힌 문 사이로 따뜻한 바람이 불어왔다.

창문 밖에서는 하늘이 짙은 물빛으로 변해 갔다. 희고 투명한 커튼 위로 오후의 붉은 빛이 부서졌다.

어쩐지 에론 형의 안경 같아서 샨은 그렇게 눈을 감았다.

'잘 있지? 괜찮은 거지?'

샨은 잠이 들었다.

10.

눈밭에 서 있었다. 눈 한 알 한 알이 꽃이 되어 피어올랐다. 혀 안으로 차고 씁쓸한 공기가 스며들었다. 숨을 쉴 때마다 차가운 습기가 비강을 넘어 혀 오목한 곳을 식힌다.

아무도 살지 않는 춥디추운 설원 한복판에 새빨간 카디건이 보였다. 못 알아볼 리 없었다. 과거 에론 형을 위해 만들어 주었던 그 카디건이었으니까.

낡고 올이 많이 나가서 이제는 버려야 할 텐데도 에론 형은 그것을 끝까지 어깨에 걸치고 다녔다. 카디건은 병아리처럼 따뜻했다. 문득 축축한 것이 만져져서 자세히 들여다보니 카디건의 빨간 염료가 손에 묻었다. 세탁의 문제일까? 갸우뚱하다가 그 기분 나쁜 끈기에 깨닫고 만다.

'이건 피다.'

눈바람이 샨을 할퀴고 지나간다. 샨은 날아가지 않게 몸을 웅크린다. 바람 때문에 눈앞이 보이지 않는다. 눈이, 차가운 눈이 손끝을 긁는다.

바람이 멈추자 샨은 그제야 몸을 일으켰다. 그리고 보았다. 설원 저편에 검 두 자루가 있음을, 두 자루 모두 부러져 있었음을. 그리고 그 검은 형의 애검인 블루 크리센트와 귀살마도였다.

바람이 비명 소리가 되어 울린다. 샨은 두려워서 바람과 함께 짐승처럼 울부짖었다.

11.

"헉, 허억."

눈물이 관자놀이를 타고 흐른다.

이상한 꿈이었다. 참으로 이상한 꿈이었다. 샨은 눈물을 닦았다. 몸을 일으키자마자 꿈의 내용이 점점 잊힌다.

'잊으면 안 돼. 잊으면 안 돼.'

억지로 꿈 내용을 입 밖으로 내어 기억하려 해 본다.

"에론 형 칼이 나왔고 부러져 있었어. 그리고 카디건에 뭐가 묻었는데, 피 같았어."

그러나 에론 형은 여기 없다. 몸조심하라고 우편을 보내고 싶어도 주소를 모른다. 교수님께 부탁해서 교수용 우편 드래곤을 사용하는 수밖에 없다. 거기다가 이미 한 번 부탁하지 않았던가.

'늦지 않게 가야 할 텐데.'

에론 형에게 보냈던 알테리온 소드가 적기에 도착했을까? 자신이 없었다.

샨은 스스로의 팔을 감싸 안았다.

'아니야. 형은 강해. 이 세상 누구도 에론 형을 죽일 수 있는 이는 없어.'

강해. 에론 형은 강하니까.

샨은 주문처럼 몇 번이고 몇 번이고 중얼거렸다. 피곤해서 악몽을 꾼 게 틀림없었다. 에론 형은 리오 형조차도 쉽게 이기지 못하는 상대다. 거기다 에론 형이 누군가.

절대로 타인을 위해 목숨을 바친다거나 기사도에 취해 위험해질 사람이 아니다. 그럴 바엔 타인이고 지인이고 다 목을 뎅겅뎅겅 자르는 형 아니던가.

'그러니까 아무 일도 없어. 아무 일도.'

몇 번이고 몇 번이고 호흡을 가다듬는다. 괜찮다. 괜찮을 거다. 샨은 되뇌고 또 되뇐다. 유리창 밖으로 남빛이 찰랑거렸다. 저녁인지 새벽인지 알 수 없었다. 얼마나 잤지? 몇 시간? 아니, 이제 와서 그게 중요한가?

교수님의 치료는 완벽하다. 거기에 샨 본인의 외과적 기술까지 더해졌다. 후유증은 거의 없을 거다. 절단면까지 깔끔하지 않았던가.

'소드 마스터급.'

이 세계에 소드 마스터급의 호위를 두고 있는 사람이 몇이나 있을까? 거기다가 그녀는 스스로를 14호라고 했다. 그렇다는 말은 재수 없으면 14명의 비슷한 실력을 가진 호문클로스를 호위로 데리고 있다는 뜻이다.

'우와, 말도 안 돼.'

너무 다른 세계라서 현실감이 없다. 같은 황자라도 당장 티스는 호위병 하나 없이 허구한 날 사지(死地)에서 뒹굴고 있지 않던가. 그런데 다른 한 쪽은 소드 마스터급의 호위병을, 그것도 인간 같지도 않은 존재를 십여 명이나 데리고 있다.

'황실도 빈부 차이 대단하네.'

한쪽은 모든 권력의 총아이자 지금 피를 부르는 폭풍의 눈이다. 아마 이대로 황제께서 승하하신다면 다음 바통은 류인 황자가 가질 거다.

제국에서 장남이 죽지 않고 황제로 등극하는 예는 그리 흔치가 않은데 그 흔치 않은 예 중의 하나가 되겠지.

그에 비해 샨은 알테리온가의 막내라는 것 말고는 아무것도 내세울 게 없다. 형들만큼의 강함, 아니 형들 반의반

만큼 강한 것도 아니거니와 이제 겨우 아카데미에서 열심히 배우고 있다는 것 정도. 그나마도 알테리온가는 그리 정치적인 가문이 아니다 보니 지지하는 세력도 거의 없다.

에론 알테리온 형도 엄연히 말하면 정치가가 아니라 행정가이다 보니 권력이라고 해 봐야 관련 부서 인사이동권 정도지, 어디 영토를 갖는다거나 봉록을 취한다거나 새로운 제후로 등극한다거나 하는 일과는 거리가 멀다.

'그렇게 생각하니 왠지 개미가 되는 것 같아.'

류인 황자 같은 이라면 사람 하나 엄지손가락으로 으깨는 것쯤 일도 아닐 거다.

그런 이가 어째서 수갑을 채워 놨는지 당황스럽다.

분명 좋은 의도도 아니고, 제정신도 아닌 것 같고…….

말도 없이 사라진 에론 형과 류인 황자가 남겨 놓은 족쇄가 빙글빙글 샨의 머릿속을 돌았다.

'그 생각은 이제 그만, 그만…….'

자꾸 그런 생각을 하니까 뒤숭숭한 꿈까지 꾸지 않았던가.

뭔가 확실하게 관심을 돌릴 만한 게 필요하다. 그래, 칼 생각이 좋겠다.

'그때 싸웠을 때 뭔가 느낌이 왔어. 더 높은 곳으로

갈 수 있는 그런 걸 느꼈어. 그게 뭐였을까.'

생각보다 칼이 먼저 날아갔다. 적이 나를 공격하니 나는 이렇게 막아야겠다 같은 성질의 것이 아니었다. 말로만 듣던 무아(無我)였다. 그건.

'와, 나 재능이 있는 걸지도.'

첫 싸움부터 그런 걸 느꼈으니 나름 재능이 있다고 으쓱여도 좋지 않을까?

샨은 주먹을 불끈 쥐었다. 그래, 아무도 못 알아줬을 뿐이지 사실 검술의 천재라든가 그런 게 아닐까.

조금은 자랑스러워해도 좋으리라.

문득 방 안에 풍기는 향이 다르다는 느낌이 들었다. 침대 옆 탁상에 향초가 켜져 있었다. 숙면을 돕고 재생력을 향상시키는 종류의 향 같았다. 연금술 길드의 마크가 찍혀 있는 걸 봐서는 꽤 값이 나가는 물건이다.

'자는 동안 잠깐 왔다 갔구나. 단테스.'

친구의 배려가 고맙기도 하고 미안하기도 하다.

샨은 다시 잠이 들었다.

12.

이번에는 다행히 아무런 꿈도 꾸지 않고 일어날 수 있었다. 단테스가 피워 준 마법 향초 덕분에 몸 상태도 훨씬 나아졌다.

"아, 일어나셨습니까?"

가르송 정장에 한 손에는 수건을 걸치고 있다. 머리는 단아하게 뒤로 묶어 고정했는데 어느 명문 공작가의 집사와도 같은 모습이다.

"왠지 밖이 분주한 것 같네."

단테스가 뺨을 긁적인다.

"그게, 대저택에서 급작스럽게 일이 생겨서요. 큰 모임이 열릴 예정입니다."

"마피아 가문에서 큰 모임이라면……?"

"네, 그런 거죠."

아마 큰형님이니 뭐니 모여들어 차나 술이라도 마시는 모양이다. 단테스가 말했다.

"적대 조직들도 초대한 터라 즐거운 자리는 아닐 겁니다. 샨은 방 안에서 푹 쉬면 일이 끝나 있을 테니 신경 쓰지 말아 주세요."

그 말에 샨이 몸을 일으켰다.

"갑자기 일어난 일이라면 준비가 부족하지 않아? 그런 분들을 시중들 인력도 없을 거고."

샨의 말에 단테스가 뺨을 긁적였다.

"네. 덕분에 고생입니다. 공휴일이다 보니 사람을 부르기도 힘들고요. 저희 조직 쪽 사람이 서빙을 하기에는 아무래도 암살 위험이 있으니까요."

"음료에 독이라도 탔을까 의심하는 거야?"

"실제로 없는 예는 아니니까요."

"엄청 중요한 모임이지?"

샨의 말에 단테스가 한쪽 눈을 슬그머니 떴다.

"네, 이 일대의 평화가 달려 있을 정도로."

샨은 허리를 용수철처럼 튕겨 침대 밖으로 나왔다.

이제 몸은 개운하다. 오히려 하루 종일 잤더니 온몸이 찌뿌둥할 정도다.

"내가 도와줄게."

"네?"

"믿을지 모르겠지만, 이래 봬도 마피아 회담 시중에 있어서는 경력자거든."

"네에?"

'하하하, 아르고 형 도와서 시중들어 본 적 있으니 틀린
말은 아니지, 뭐. 물론 회담 말아먹을 뻔한 적도 있지만.'

뒷말은 단테스에게 절대로 말해서는 안 되겠다. 그래도
이렇게 호사스러운 잠을 대접받았는데 아무것도 하지 않
는다면 그건 그거대로 문제다. 단테스가 고개를 저었다.

"안 됩니다."

"왜?"

"때에 따라서는 죽을 수도 있으니까요."

"뭐?"

"대체 우리가 뭐라고 생각하십니까. 샨 알테리온 군. 모
여서 케이크가 맛있니 이 동네 빵집의 빵이 딱딱하니 그런
잡담이나 할 것 같습니까? 우리는 범법자입니다. 때에 따
라서는 사람을 납치해 야산에 묻고 돈 때문에 일가족 몰
살도 하는 그런 곳입니다. 제가 당신과 그동안 어울려 드
렸다고 해서 그 점은 변하지 않습니다."

그 말에 샨이 주먹을 쥐었다.

"단테스가 어느 쪽 사람인지는 나도 알고 있어."

"그런데 그런 인간들이 모여서 하는 범죄 작당을 들은
시종을, 훗날 죽이지 않으리란 보장은 어디에 있습니까?"

그 말에 샨의 손이 차갑게 식는다. 그랬다. 그때는 아르

고 형이 있었다. 아르고 형이 지켜 줬었다. 그러나 지금은
다르다. 단테스가 말했다.

"저희 이야기를 듣는다는 건 샨 역시 이쪽 사람이 된다
는 의미입니다. 설령 목숨을 보존한다고 해도 이미 들어
왔다는 건 변하지 않습니다. 그게 무슨 의미인지는 아무
리 샨이라도 아시리라 믿습니다."

"······."

아무 말도 할 수 없었다. 생각이 짧았음을 부정할 수가
없었다. 단테스가 말했다.

"과거 이런 회담에 참석하셨다 하셨죠? 그럼에도 살아
돌아왔다는 건, 그 회담의 일이 성사되지 않았거나 아니면
강력한 아군이 있어서겠죠."

단테스는 작게 한숨을 쉬고는 '저를 더 이상 곤란하게
하지 말아 주세요. 샨 알테리온 군.'이라며 말을 뱉는다.

그때 시종장이 다급하게 뛰어온다. 그 시종장 뒤로 왠
지 낯익은 목소리가 울렸다.

"허허허! 이거이거 샤인 알테리온 군 아닌가! 세상에 이
런 곳에서 만나다니 참으로 반갑군."

은발의 노신사가 지팡이를 짚으며 걸어온다.

단테스의 얼굴이 차갑게 질린다. 그가 샨만 들을 수 있

도록 아주 작은 목소리로 말했다.

"그 옛날 회담이라는 게 설마 리베도 파의 수장, 게리스 어르신이 있는 곳이었습니까?"

아르고 형이 주최했던 회담에서 봤던 분이었다. 그때 웃는 얼굴로 샨의 목을 뎅겅하자고 모든 마피아들을 부추 겼던 그 양반이 지금 새하얗게 밝은 미소로 걸어오고 있 다.

샨의 등에서 오도독 소름이 돋았다.

"그 회담이라는 게 리베도 파도 있었어?"

둘은 한참이나 서로를 바라보았다.

13.

리베도 파.

단테스가 있는 알파도 파와 오랜 앙숙이다. 과거 리베 도 파의 간부들이 떨어져 나와 새로 만든 조직이 알파도 파라는 이야기도 있지만 진실은 알 수 없다. 어쨌든 리베 도 파는 세계적으로 넓은 세력을 뻗치고 있으며 이미 400 년이 넘는 역사를 가지고 있다. 알파도 파와 같이 신흥 마피아에게 있어서는 눈엣가시 같은 존재다.

기본적으로 몇 세기를 버티며 살아온 조직이다 보니 항구 도시부터 각종 윤락, 향락 도시까지 꽤나 다양한 곳에 넓게 터전을 갖고 있다. 이제 새롭게 자리를 잡으려는 알파도 파와 그걸 억누르려는 리베도 파 사이의 항쟁은 당연한 수순이다.

단테스가 젊은 나이에 조직의 2인자로 등극하면서 알파도 조직 안의 모든 지능적인 움직임은 단테스가 완전히 총괄하게 되었다. 그에 비해 리베도 파의 게리스 어르신은 표면적으로는 은퇴한 사람이나 실질적으로는 아직도 조직의 일인자라는 이야기가 있다.

거기다가 머리만 하얗게 세었을 뿐 생긴 건 40대 중반처럼 생겼으니, 불로초라도 씹어 먹는 건 아니냐는 이야기가 생길 정도다.

리베도 파의 세력은 이미 일개 영주 수준을 뛰어넘었다. 그들 앞에서는 법이니 상식이니 하는 건 통하지 않는다.

그런 무시무시한 악당 앞에서 차를 따라야 한다는 게 죽을 맛이다.

"하하하, 설마하니 샤인 군이 와 있을 줄은 정말 몰랐는데 운수가 좋군그래."

샤인은 여자 같으니까 샨이라고 불러 줬으면 좋겠는데, 샨은 내심 혀를 찬다.

단순히 회담에 앞서서 단테스를 보고 싶어 왔다고 하시는데 대체 무슨 속셈인지 알 수가 없다. 거기다가 다른 사람에게 시중을 들게 하려는 단테스를 부득불 막아서 샨에게 시중드는 일을 시키는 게 아닌가.

단테스가 아예 직구를 던진다.

"샨은 일반인이니 돌려보내 주셨으면 합니다."

"호오, 평소의 유들유들한 화법은 어디 갔는가. 단테스 군."

명색이 알파도 파의 2인자다. 그러나 호칭을 굳이 군이라고 붙인다는 건 상대를 명백하게 무시하고 있다는 뜻이 된다. 단테스가 싱긋 웃었다.

"샨은 보내는 게 어떠신지요. 게리스 어르신."

이쪽도 동네 노인 호칭하듯 응수한다. 샨은 솜털이 쭈뼛쭈뼛하게 서는 걸 억누르며 두 사람에게 차를 따른다.

부디 평화의 여신이 이 폭탄들을 가호하기를 바라면서.

게리스 '어르신'이 대답했다.

"여기서 중요한 이야기 할 게 뭐가 있는가. 약속하네.

이 자리에서 저 아이에게 위해가 갈 만한 이야기는 하지 않도록 하지."

그렇게라도 해서 이쪽을 묶어 두고 싶은 건 왜일까.

마피아들 사이에서 약속의 무게는 어느 정도일까. 샨은 눈알을 도르르 굴렸다. 단테스는 그런 샨의 옆구리를 찌른다.

'앗.'

놀라서 단테스를 바라보자 단테스가 고개를 저었다.

깊게 생각하지 말라는 뜻. 경고.

샨은 작게 고개를 끄덕였다.

게리스 어르신이 말을 이었다.

"아무튼 승진 축하하네, 단테스 군. 용케도 알파도에서 살아남았군."

단테스가 따뜻한 차를 한잔 들이켰다.

"아버님의 배려 덕분이죠."

단테스는 알파도의 보스에게 양자로 입적해 있다고 했다. 그 말에 게리스 어르신은 작게 웃었다.

"좋은 아버지군."

"네, 좋은 아버지입니다."

"신기해. 아무리 마피아라고 해도 본인 피가 이어진 아

들에게 조직을 넘겨 주고 싶으실 텐데 어째서 단테스 군인
지. 인간의 본능이라는 게 그리 쉽게 변하는 법이 없지 않
나."

단테스가 눈을 내리깔고는 겸손히 말했다.

"운이 좋았을 뿐입니다."

"그래. 정말 운이 좋게 그대만 살아남았지. 피가 이어진
아들들은 모두 타계하지 않았나."

착각이었을까? 단테스의 입가에 미소가 번진 것 같은.

"워낙 험한 세상 아니겠습니까."

게리스 어르신이 테이블을 치며 껄껄 웃었다.

"그래그래, 워낙에 험한 세상이지. 아무튼 그런 운 좋은
그대에게 제의를 하나 할까 하네. 나는 럭키 가이를 좋아
하거든. 특히나 젊은 나이에 럭키 가이가 된 사람을 말일
세."

단테스가 그의 말을 끊으려 하자 그가 고개를 저었다.

"친구가 곁에 있지 않나. 이런 자리에서 일에 관계된 따
분한 이야기를 해 봐야 아무래도 소용없겠지."

그는 단테스에게 쪽지를 건넨다.

"회의 전에 한번 읽어 보게나. 자네는 운이 좋은 사람이
니 이것을 읽을 때는 우연히도 주변에 아무도 없으리라 믿

네."

평소라면 받아들이지 않았으리라. 그러나 이걸 받지 않으면 그는 일에 관계된 따분한 이야기를 샨이 있는 자리에서 말하리라. 그런 무언의 협박에 단테스는 살짝 혀를 찼다.

'역시 우연히 왔다는 건 거짓말. 샨이 와 있다는 걸 알고 계산한 거군요.'

구렁이를 백 마리는 삼킨 백전노장이다. 받아들일 수밖에 없었다.

"참 어쩔 수 없는 분이시군요. 게리스 어르신은."

단테스는 쪽지를 받아 품속에 챙겼다.

노인은 고목나무와도 같은 눈으로 샨을 바라보았다. 이윽고 입을 열었다.

"볼 때마다 아름다워지는군. 내 적지 않은 삶을 살아왔고 많은 것을 봐 왔지만 이제는 실로 인간이 아닌 것 같네."

엄연히 말하면 엘프와 가까운 몸이 되었으니 틀린 말은 아니었다.

부글부글 끓어오르는 속과는 정반대로 눈꺼풀을 내리깔고는 최대한 정중히 인사했다.

"과분한 말씀이십니다."

"그래. 그러고 보니 과거 자네의 어머니를 만난 적이 있었지. 대륙 제일의 꽃이라던 자네의 모친 말일세."

그 말에 샨의 눈에 이채가 어렸다.

"제 어머니를 아십니까?"

"그때 젊은 혈기에 대체 얼마나 아름답기에 그러나 코웃음을 쳤던 기억이 나네. 결국 직접 만날 기회가 있었는데 정신을 차려 보니 수많은 구혼자 중의 하나가 되어 있었다네."

어머니의 구혼자 전설에 대해서는 꽤 유명하다.

대륙 제일의 부자가 청혼을 하고 황제마저도 비가 되어 달라 청혼을 했던가.

구혼자들이 남기는 구혼금만으로도 왕국 예산을 할 정도라고 했다. 아버지가 가끔씩 술을 마시면 그 이야기를 하곤 했었다. 그런 분에 넘치는 여인이 내 여자가 되었다고.

"덕분에 가장 늦게 왔던 자네 아버지가 낚아챘을 때 얼마나 열불 났는지 아나? 괜히 알테리온 가문이 외로운 게 아니야. 그때 그녀를 빼앗겼던 수많은 구혼자들이 지금 다 어딘가 가문에서 한가락 하는 사람들이 되었네. 황제까지 포함해서 말이지."

샨이 어색하게 웃었다.

"하하하."

이럴 땐 뭐라고 답해야 할지 모르겠다. 게리스 어르신이 답했다.

"여자가 한을 품으면 서리가 내린다고 하는데 남자가 한을 품으면 눈보라가 몰아친다네. 남자의 질투라는 게 꽤 오래간다네. 난 아직도 그때를 생각하면 잠을 못 자. 내가 몇 년을 공을 들였는데 세상에 그런 산도적 같은 놈이 줄도 안 서고 날치기해 가는 게 말이 되냔 말이다."

샨은 속으로 생각했다.

'어르신 젊었을 때 여자 꽤나 울렸을 것 같은 얼굴이신데 말입니다. 지금도 나이스 그레이시면서.'

그래. 지금은 웃자. 웃어. 웃는 거다. 그냥 웃자.

"하하하하하!"

"그런데 자네. 이제는 자네 모친보다도 아름다워졌군."

"하하하하! 농담도!"

웃자. 웃는 거다! 못 웃으면 죽는다. 그냥 웃어야지! 아하하하!

"듣자 하니 노래도 기가 막히게 부른다고 하던데, 한

곡만 불러 주지 않겠나?"

"하하하하 말씀은 감사합니다만……."

그가 말을 끊었다.

"물론 공짜로 해 달라는 말은 아니네. 훌륭한 바드의
공연에는 그만한 금화를 치러야지. 허나 이 가난한 노인
이 줄 돈은 없고. 이건 어떤가?"

그가 품에서 무언가를 꺼냈다.

보석 상자였다. 상아와 루비로 장식되어 있는 고급스러
운 보석 상자.

"이게 뭐죠?"

"어떤 분이 자네에게 건네주길 부탁한 물건이지. 원하
지 않으면 버려도 좋다 하셨으니 이걸 전해 줄지 말지는
내 선택이겠군."

그는 그림자 군주다. 이 제국 뒤편에서 숨 쉬는 그림자
왕국의 지배자였다. 그런 자가 건네주는 선물이 결코 헛
된 것은 아니리라.

노인은 양손을 깍지 끼고는 턱을 괴었다. 나이 어린 소
녀나 할 법한 자세였다. 그럼에도 기묘하게 어울렸다.

"사람을 배달꾼으로 썼으니 배달 삯이라도 받아야 하지
않겠나. 자네는 노래를 부르니 노래 삯을 이걸로 받는 거

고, 나는 멋진 노래를 들었으니 배달 삯을 받은 게지. 이 정도면 그럭저럭 괜찮은 늙은이의 지혜 같은데?"

"저 상자 안에는 뭐가 들어 있죠?"

샨의 말에 그가 웃었다.

"그걸 답해 주면 낭만이 없지 않나."

그렇다면 결국 얻어 내서 직접 열어 보라는 건가.

선택의 여지가 없었다. 샨은 작게 숨을 고른다. 그가 말했다.

"아 참, 노래가 마음에 안 들면 우리 거래는 없는 거네. 알겠나?"

심술 맞은 노인네 같으니라고. 대충 동요로 때우려던 생각을 바꾸어야 했다. 샨은 의자를 꺼내서 앉았다.

"호오, 보통 바드들은 서서 노래를 부르지 않나?"

"서서 부르면 힘이 들어가서요."

지난번처럼 목소리에 매혹 마법이라도 걸려 있으면 곤란하니까 더욱 그렇다. 샨은 음을 고르더니 이윽고 첫 음을 뺐었다.

오래된 노래. 떠난 뱃사람을 기다리는 어느 아낙의 이야기가 차향을 타고 울렸다.

흔한 노래였다. 오페라도 아니고 그렇다고 어딘가의 서

사시도 아닌, 그냥 어느 항구에나 볼 수 있는 싸구려 노래.

그럼에도 음은 찻잔에 스며들었다. 차를 닮은 노래였다. 그것도 오후의 홍차 맛이 나는 그런 노래. 단테스는 그런 샨의 노래를 들으며 생각했다.

'지난번과 다른 느낌이군요.'

무대에서의 샨은 스스로 어디까지 빛날 수 있는지 시험해 보는 것만 같았다. 그러나 지금의 샨은 뭐랄까. 자신을 감추기 위해 애를 쓰는 느낌이다. 그러나 그럼에도 약속은 지켜야 하니 할 도리를 다하는 느낌.

샨의 노래가 끝나자 노인이 웃었다.

"마치 안개를 뒤집어쓴 보석과도 같군. 눈앞에 보이지 않는다고 해도 그게 가려지는 건 아니지. 그분이 탐을 내는 게 당연하군."

그분이라 함은 누구일까. 단테스의 눈이 예리하게 빛난다. 샨은 짐작을 했는지 대꾸했다.

"그런 대단한 능력은 아닙니다. 차라리 저보다 형들이 훨씬 그분께 유용할 텐데요. 물론 제 형들이 도울 리는 없지만요."

"아니라네. 무력을 가진 이를 원하는 건 하수이지. 진정한 군주는 마음을 끄는 이를 원한다네."

"당신은 그분을 군주라고 생각하십니까?"

"한 방 먹었군."

노인은 그런 샨을 보며 한참을 웃었다. 샨과 단테스 사이에는 투명한 벽이 가로막힌 것 같았다. 단테스는 이 분위기가 마음에 들지 않았다. 그러나 끼어들어서는 안 될 것 같았기에 입을 다물었다.

그는 상자를 샨에게 밀었다.

"받게나. 이건 이제 자네 것이라네."

샨이 상자를 붙잡으려 하자 그가 불현듯, 샨의 손목을 붙잡는다.

"어떤가? 이 상자를 열지 않는 건? 나라면 이걸 묻어 버릴 수 있다네. 물론 자네의 안전 역시 보장해 줄 수 있지."

"대가는 무엇이죠?"

"내 사람이 되게나, 샤인 알테리온. 호스트 같은 험한 일은 시키지 않도록 하지."

그 말에 샨이 입술을 비틀었다.

"죄송합니다만 어르신, 사양하겠습니다."

샨은 상자를 붙잡았다. 어르신은 한참을 웃었다.

"아쉽구나, 아이야. 이제 저 상자를 열면 너는 두 번 다시 이렇게 아름다운 모습으로 돌아갈 수 없겠지. 그럼에도 기어이 열어 보고자 하니 역시 인간의 가장 무서운 덫은 호기심이로군."

단테스가 입을 열었다.

"그러면 회담을 준비해야 해서 이만 일어나도록 하겠습니다."

명백한 축객령에 노인이 몸을 일으켰다.

"그래, 나도 돌아가도록 하겠네. 그러면 후에 보도록 합세."

샨은 그에게 깊게 허리를 숙여 인사했다.

14.

다행히도 어르신이 뭔가 간계를 꾸며서 회담에 끌려간다거나 하는 일은 없었다. 샨은 점심을 먹고는 방에 돌아왔다. 카이는 시종들이 끊임없이 고기를 먹여 주고 있다.

드래곤이 좋아할 만한 것들로만 골라서 잔뜩.

'저러다 비만 드래곤 되지.'

가끔 자기 드래곤을 과보호하는 마스터들 때문에 키우는 드래곤이 비만이 돼서 하늘을 못 난다는 이야기를 어디선가 들은 적 있었다. 지금이야 마법으로 아기 때의 모습을 유지하고 있는데 본체로 돌아오면 얼마나 더 살이 쪄 있을지 상상만 해도 끔찍하다.

'다이어트라도 시켜야 하나.'

어떻게 시키지? 그것에 대한 책이 있던가? 샨은 생각하며 상자를 달칵달칵 움직였다.

'잠겨 있네?'

하긴 상자를 준다고는 했지 이게 열려 있다는 소리는 한 적 없다.

'부숴서 여는 수밖에 없나? 비싼 상자라 그건 피하고 싶은데.'

샨은 칼을 뽑아든다. 그러다 문득 상자 위쪽 상아 장식에 쓰인 낯익은 마법 문자가 눈에 띄었다. 이건 샨도 잘 아는 거다. 샨이 직접 봉인을 풀고 다시 봉인을 걸었으니까.

샨은 칼날로 손바닥을 쓸었다. 날이 살갗을 가르고는 붉은 피를 만들었다. 샨은 그 피를 상아 위에 듬뿍 뿌렸다.

달칵.

봉인이 즉시 풀린다. 이상했다. 정말 이상했다.

이런 건 본인의 피를 가지고 봉인을 해야만 그 피로 다시 풀 수 있는 거다. 샨의 피를 가진 사람이 에론 형 말고 또 있던가?

어쩐지 상자 안에서는 죽음의 냄새가 났다.

이루 말할 수 없는 서늘한 공포가 손목을 붙잡아 수렁으로 끌어내린다.

'열면 안 돼.'

작은 샨이 속삭였다.

'절대로 열어선 안 돼.'

그와 동시에 노인이 했던 말이 귓속에 달라붙었다.

'그럼에도 기어이 열어 보고자 하니 역시 인간의 가장 무서운 덫은 호기심이로군.'

어금니를 악문다. 샨은 상자를 열었다. 그 안에 들어 있는 건 누군가의 새끼손가락이었다. 잘린 손가락은 아직 썩지도 않은 채로, 안에서는 피가 배어 나왔다.

툭.

눈물이 흐른다.

이 손가락이 누구의 것인지도 모르는데 눈물이 멎지가

않았다. 심장이 찢어질 것만 같았다.

'왜, 왜?'

상자 아래 서랍을 열었다. 그리고 안에 들어 있는 것을 깨닫고 샨은 그만 비명을 질렀다.

밤처럼 새카맣고, 얼음보다 빛나는 머리카락이 그 안에 담겨 있었다.

그 머리카락에서는 달콤한 각설탕 향기가 났다.

"아아, 에론 형. 아……아……!"

샨은 머리를 쥐어뜯으며 오열했다. 샨은 참지 못하고 상자를 집어던진다. 상자가 부서졌다. 부서진 상자 속에서 새하얀 편지가 찢겨 나왔다. 샨은 더듬거리며 그 편지를 집어 들었다.

혼자 와야 해? 약속!

우리 약속 잘 지켜 달라는 의미에서 새끼손가락도 함께 보냈어.

아 참, 나 기다리는 거 심심해하니까 빨리 오지 않으면 '다른 사람'에게 놀아 달라고 부탁할 거야.

경애를 담아, R.

편지에는 지도가 그려져 있었다. 샨은 손가락을 붕대로 감았다. 희미하게 마력이 느껴지는 걸 보니 손가락에는 보존 마법이 걸려 있는 모양이다.

'형은 살아 있을 거야.'

절대로 죽지 않았으리라. 그렇지 않으면 앞으로의 일 모두 의미가 없을 테니까.

그렇다면 남은 일은 단 하나…….

〈다음 권에 계속〉

부록

설정집

율리츠 란츠크네

율리츠

인형들

율리츠의 공방